新经典文化股份有限公司
www.readinglife.com
出　品

李碧华

著

霸王别姬

新 星 出 版 社　NEW STAR PRESS

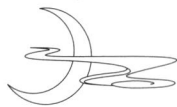

目录

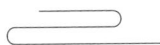

暑去寒来　春复秋

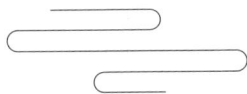

婊子无情，

戏子无义。

婊子合该在床上有情，

戏子，只能在台上有义。

每一个人，有其依附之物。娃娃依附脐带，孩子依附娘亲，女人依附男人。有些人的魅力只在床上，离开了床即又死去。有些人的魅力只在台上，一下台即又死去。一般的，面目模糊的个体，虽则生命相骗太多，含恨地不如意，胡涂一点，也就过去了。生命也是一出戏吧。

折子戏又比演整整的一出戏要好多了。总是不耐烦等它唱完，中间有太多的烦闷转折。茫茫的威胁。要唱完它，不外因为既已开幕，无法逃躲。如果人人都是折子戏，只把最精华的，仔细唱一遍，该多美满啊。

帝王将相、才子佳人的故事，诸位听得不少。那些情情义义，恩恩爱爱，卿卿我我，都瑰丽莫名。根本不是人间颜色。

人间，只是抹去了脂粉的脸。

就这两张脸。

他是虞姬，跟他演对手戏的，自是霸王了。霸王乃虞姬所依附之物。君王意气尽，贱妾何聊生？当他穷途末路，她也活不下去了。

但这不过是戏。到底他俩没有死。

怎么说好呢？

咳，他，可是他最爱的男人……真是难以细说从头。

粉霞艳光还未登场，还是先来调弦索，拉胡琴。场面之中，坐下打单皮小鼓、左手司板的先生，仿佛准备好了。明知一一都不落实，仍不免带着陈旧的迷茫的欢喜，拍和着人家的故事。

灯暗了。只一线流光，伴咿呀半响，大红的幔幕扯起——

他俩第一次见面。

民国十八年（一九二九年），冬。

天寒日短，大风刮起，天已奄奄地冷了。大伙都在掂量着，是不是要飞雪的样子。

只是冬阳抖擞着，阴一阵晴一阵。过一天算一天。

天桥又开市了。

漫是人声市声。

天桥在正阳门和永定门之间，东边就是天坛，明清两朝的皇帝，每年到天坛祭祀，都经过这桥，他们把桥北比作凡间人世，桥南算是天界，所以这座桥被视作人间、天上的一道关口，加上又是"天子"走的，便叫"天桥"。

后来，清朝没了，天桥也就堕落凡尘，不再是天子专有。

这里渐渐形成一个小市场，桥北两侧有茶馆、饭铺、估衣摊。桥西有鸟市，对过有各种小食摊子，还有撂地抠饼的卖艺人。

热热闹闹，兴兴旺旺。

小叫化爱在人多的地方走动，一见地上有香烟屁股，马上伸手去拾。刚好在一双女人的脚和一双孩子的脚，险险没踩上去当儿，给捡起了，待会一一给拆了，百鸟归巢，重新卷好，一根根卖出去。

女人的鞋是双布鞋，有点残破，那红色，搁久了的血，都变成褐了。孩子穿的呢，反倒很光鲜登样，就像她把好的全给了他。

她脸上有烟容。实际上廿五六，却沧桑疲惫。嘴唇是擦了点红，眉心还揪了痧，一道红痕，可一眼看出来，是个暗门子。

孩子约莫八九岁光景。面目如同哑谜，让围巾把脖子护盖住。这脖套是新的，看真点，衣裳也是新的。

虽则看不清楚他长相，一双眼睛细致漂亮，初到那么喧嚣的市集，怕生，左手扯着娘的衣角，右手，一直严严地藏在口袋中——就像捏着一个什么神秘的东西。很固执地不肯掏出来。

报童吆喝着：

"号外！号外！东北军戒严了！日本鬼子要开打了！先生来一份吧？"

一个刚就咸菜喝过豆汁，还拎着半个焦圈走过的男人吃他一拦，正要挥手：

"去去！张罗着填饱肚皮还来不及。谁爱开打谁打去！"

乍见女人，认出来，涎着脸：

"哎——你不是艳红吗？我想你呢！"

那挥在半空的手险险打中怯怯的孩子，他忙贴近娘。皱着眉，厌恶这些臭的男人。

艳红也不便得罪他，只啐一口。

拖着孩子过去。

穿过小食摊子，什么馄饨、扒糕、吊子汤、卤煮火烧、爆肚、灌肠、炒肝，还有茶汤、油茶、豌豆黄、艾窝窝、盆儿糕……只听一阵咚呛乱响，原来是拉洋片的大金牙在招徕，洋片要拉不拉，小锣小鼓小镲吸引着满嘴馋液的男人，他们心痒难熬地，通过箱子的玻璃眼往里瞧……

"往里瞧啦往里瞧，大姑娘洗澡……"

待往前走，又更热闹了。

有说书的、变戏法的、摔跤的、抖空竹的、打把式的、翻筋斗的、荤相声的、拉大弓的、卖大力丸的、演硬气功的，还有拔牙的……

艳红找到她要找的人了。

关师父是个粗汉，身子硬朗，四十多五十了，胡子又浓又黑，很凶，眼睛最厉害了，像个门神——他是连耳洞也有毛的。

她指指身畔的孩子。他瞅瞅他，点个头，又忙着敲锣打鼓，吆喝得差不多，人也紧拢了。

娘爱怜地对孩子道：

"先瞧瞧人家的。"

脖套上一双好奇的大眼睛，长睫毛眨了眨。右手依旧藏在口袋中，只下意识地用左手摸摸自家的头颅。

因为场中全是光秃秃的脑袋瓜。

关师父手底下的徒儿今儿演猴戏。一个个脸上涂了红黄皂白的油彩，穿了简陋的猴儿装，上场了。

最大的徒儿唤小石头，十二岁了，担演美猴王，一连串筋斗，翻到圈心。

王母娘娘的蟠桃会，居然把老孙漏掉？心中一气，溜至天宫，偷偷饱餐一顿。只见小石头吊手吊脚，抓脖扣虱，惹来四周不少哄笑。

他扮着喝光了酒，吃撑了桃，不忘照顾弟兄，于是顺手牵羊，偷了一袋，又一筋斗翻回水帘洞去。

关师父站在左方，着徒儿一个一个挨次指点着翻出去，扮作乐不可支的小猴，围着齐天大圣，争相献媚，展露身手，以博青睐，获赏仙桃……

观众们都在叫好。

小石头更落力了，起了旋子，拧在半空飞动，才几下——

谁知一下惊呼：

"哎呀！"

彩声陡地止住了。

这个卖艺的孩子失手了，坍到其他猴儿身上。

人群中开始有取笑，阴阳怪气：

"糟啦糟啦，鼻子撞塌了！"

小石头心中不甘，再拧旋子，慌乱中又不行了。

"什么下三滥的玩艺儿？也敢到天桥来？"

"哈哈哈哈哈！"

地痞闻声过来，落井下石骂骂咧咧：

"回去再夹磨个三五载，再来献宝吧。"

一个个猴儿落荒而逃。见势色不对，正欲一哄而散找个地方躲起来，但四方是人，男女老少，看热闹的，看出丑的，硬是重重围困，众目睽睽——这样的戏，可更好看呐。都在喝倒彩。

吓得初见场面的孩子们，有些索性蹲下来，抱着头遮丑，直把师父的颜面丢尽。

"小孩儿家嘛，别见怪。请多包涵，包涵！"

关师父赔着笑，在这闹嚷嚷的境地，艺高人胆大，艺短人心慌。都怪徒儿不争气，出不了场。抱着香炉打喷嚏，闹了一脸灰。还是要下台的——下不来也得下。

一个地痞把他收钱的铜锣踹飞了。

"飓"的一下，眼看那不成材的小癞子，又偷跑了。

关师父急起来：

"哎——抓回来呀！"

场面混乱不堪，人要散了。

小石头猛可站出来，挺挺地。

他朗朗地喊住：

"爷们不要走！不要走！看我小石头的！"

他手持一块砖头，朝自己额上一拍——

砖头应声碎裂了，他可没见血。好一股硬劲！

"果真是小石头呢！"

观众又给他掌声了。还扔下铜板呢。

他像个小英雄地，挽回一点尊严。

牵着娘手的孩子，头一回见到这么的一个好样的，吓呆了。非常震撼。

谁知天黑得早。

还下了一场轻浅的初雪。它早到了，人人措手不及。

两行足印，一样轻浅，至一座四合院外，知机地止住了。不可测的天气，不可测的未来。孩子倒退了一步。

这座落离北平肉市广和楼不远。

"小豆子，过来。"

娘牵住他的手。她另一只手拎着两包糕点，一个大包，一个小包。外头裹着黄色的纸，纸上迷迷地好似有些红条子，表示喜气。

院子里头传来叱喝声。

只见关师父铁般的脸，闪着怕人的青光，脖子特别粗。眉毛、胡子，连带耳洞的毛都翘起来了。

"你们这算什么？三十六着，走为上着？你们学的是什么艺？拜的是什么师？混账！"

屋子里饭桌旁，徒儿们，一个一个，脑袋垂得老低，五官都深深埋在胸口似的，一字排开，垂手而立。还在饿着。

满头癞痢的小癞子，一身泥污，已被逮回来，站在最末。

"文的不能唱，武的他妈的不能翻！怎么挣钱？嘎？"

大伙连呼吸也不敢。没有动静。

关师父忽地暴喝，像发现严峻的危机："连猴儿都演不了，将来怎么做人？妈的！"

一手拎起竹板子，便朝小癞子打下去。

"逃？叫你逃？我调教你这些年你逃？"

小癞子死命忍住，抽搐得快没气。

打过小癞子，又顺便一一都打了，泄愤。

哭声隐隐起了。

"哭？"

谁哭谁多挨几下，无一幸免。就连那拍砖头的小石头也挨打。

"你！明儿早起，自己在院子里练一百下旋子！"

"是。"

"响亮点！"

"是！"

师父再游目四顾，逮住一个。

"你！小三子，上场亮相瞪眼，是怎么个瞪法？现在瞪给我瞧瞧。"

小三子犹豫一下。

"瞪呀！"横来一喝。

他把眼一睁。

师父怒从心上起："这叫瞪眼？这叫死羊眼！我看你是大烟未抽足啦你。明儿拿面镜子照住，瞪一百下！"

折腾半晚，孩子只以眼角瞥着桌上窝窝头。窝窝头旁还有一大锅汤，汤上浮着几根菜叶。一个个在强忍饥肠辘辘，饿得就像汤中荡漾着的菜叶，浅薄、无主、失魂落魄。

"若要成材显贵，就得下苦功。吃饭吧。"

意犹未尽，还教训着：

"今后再是这副德性，没出息，那可别打白米饭、炒虾仁的主意啦！就是做了鬼，也只有啃窝窝头的份儿！记住啦？"

"记住了！"众口一声。窝窝头也够了。还真是人间美味，一人一个，大口地吃着。小石头用绳子绑了一个铜板，把铜板蘸在油碗中，然后再把油滴到汤里去。大人和小孩，望着那油，一滴、两滴。

都盼苦尽甘来。

"关师父。"

母子二人，已一足踏入一个奇异的充满暴力似的小天地，再也回不了头了。

关师父一回头，见是外人，只吩咐徒儿："吃好了那边练功去。"

放下饭碗一问：

"什么名儿？"

"问你呀！"娘把这个惶惑的，梦里不知身是客的孩子唤住。

"——小豆子。"怯怯地回应。

"什么？大声点！"

娘赶忙给他剥去了脖套，露出来一张清秀单薄的小脸，好细致的五官。

"小豆子。"

关师父按捺不住欢喜。先摸头、捏脸、看牙齿。真不错，盘儿尖。他又把小豆子扳转了身，然后看腰腿，又把他的手自口袋中给抽出来。

小豆子不愿意。

关师父很奇怪，猛地用力一抽：

"把手藏起来干嘛——"

一看，怔住。

小豆子右手拇指旁边，硬生生多长了一截，像个小枝桠。

"是个六爪儿？"

材料是好材料，可他不愿收。

"嘿！这小子吃不了这碗戏饭，还是带他走吧。"

坚决不收。女人极其失望。

"师父，您就收下来吧？他身体好，没病，人很伶俐。一定听您的！他可是错生了身子乱投胎，要是个女的，堂子里还能留养着……"

说到此，又觉为娘的还是有点自尊：

"——不是养不起！可我希望他能跟着您，挣个出身，挣个前程。"

把孩子的小脸端到师父眼前：

"孩子水葱似的，天生是个好样……还有，他嗓子很亮。来，唱——"

关师父不耐烦了，扬手打断：

"你看他的手，天生就不行！"

"是因为这个么？"

她一咬牙，一把扯着小豆子，跑到四合院的另一边。厨房，灶旁……

天色已经阴暗了。玉屑似的雪末儿，犹在空中飞舞，飘飘扬扬，不情不愿。无可选择地落在院中不干净的地土上。

万籁俱寂。

所有的眼睛把母子二人逼进了斗室。

才一阵。

"呀——"

一下非常凄厉、惨痛的尖喊，划破黑白尚未分明的夜幕。

练功的徒儿们，心惊肉跳，不明所以。小石头打了个寒噤，情知不妙。

一头惊惧迷茫的小兽，到处觅地躲撞，觑空子就钻，雪地上血迹斑斑……

挨过半晌。

堂屋里，只闻强压硬抑的咽气、抽泣。嗖嗖悉悉，在雪夜中微颤。孤注一掷。

是一个异种，当个凡俗人的福分也没有。

那么艰辛，六道轮回，呱呱坠地，只是为了受上一刀之剁？

剁开骨血。剁开一条生死之路……

大红纸折摊开了。

关师父清清咽喉，敛住表情，只抑扬顿挫，唱着一出戏似的：

"立关书人，小豆子——"

徒儿们，一个、两个、三个……像小小的幽灵，自门外窥伺。

香烟在祖师爷的神位前缠绕着。

也许冥冥中，也有一位大伙供奉的神明，端坐祥云俯瞰。他见到小豆子的右掌，有块破布裹着，血缓缓渗出，化成胭红。如一双哭残的眼睛，眼皮上一抹。无论如何，伤痛过。

小豆子泪痕未干，但咬牙忍着，嘴唇咬出了血。是半环青白上一些异色。

"来！娘给你寻到好主子了。你看你运气多好！跪下来。"

小豆子跪下了。

"年九岁。情愿投在关金发名下为徒，学习梨园十年为满。言明四方生理，任凭师父代行，十年之内，所进银钱俱归师父收用。倘有天灾人祸，车惊马炸，伤死病亡，投河觅井，各由天命。有私自逃学，顽劣不服，打死无论……"

听至此，娘握拳不免一紧。

"年满谢师，但凭天良。空口无凭，立字为据。"

关师父抓住小豆子那微微露在破布外的指头沾沾印泥，按下一个朱红的半圆点。

伤口悄悄淌下一滴血。

关书上如同两个指印，铁案如山。

娘拈起毛笔，颠危危地，在左下角，一横，一竖，画个十字。乏力地，它抖了一抖。

她望定他。

在人家屋檐下，同光十三绝一众名角儿旧画像的注视下，他的脸正正让人看个分明，却是与娘亲最后相对。让他向师父叩过头，挨挨延延，大局已定。

把大包的糕点送给了师父，小包的，悄悄塞给他："儿！慢慢地吃。别一下子就吃光了。摊开一天一天地吃。别的弟兄让你请，你就请他们一点。要听话。大伙要和气……娘一定回来看你的！"

说来说去，叮咛的只是那小包糕点，也不知该说什么好了。如果是"添饭加衣"那些，又怕师父不高兴。

终于也得走了。

她狠狠心，走了。为了更狠，步子更急。在院子里，几乎就滑跌。一个踉跄，头也不回，走得更是匆匆。如果不赶忙，只怕马上舍不得，回过头来，前功尽废，那又如何？

想起一个妇道人家，有闲帮闲，否则，趴在药铺里搓蜡丸儿、做避瘟散，或是洗衣服臭袜子……

冬天里，母子睡在破落院里阁楼临时搭的木板上，四只脚冻得要命，被窝像铁一般的凉薄，有时，只得用大酱油瓶子盛满开水，给孩子在被窝里暖脚……

但凡有三寸宽的活路，她也不会当上暗门子。她卖了自己去养活他——有一天，当男人在她身上耸动时，她在门帘缝看到孩子寒碜得能杀人的眼睛……

小豆子九岁了。娘在三天之内，好像已经教好他如何照顾自己一生。说了又说，他不大明白。

他只知道自己留下来，娘走了。

她生下他，但她卖了他。却说为了他好。

小豆子三步两步跑到窗台，就着纸糊的窗，张了一线缝，她还没走远。目送着娘寂寂冉于今冬初雪，直至看不见。

他的嘴唇嗡动，无声：

"娘！"

关师父吩咐：

"天晚了。大师哥领了去睡吧。"

小石头来搭过他肩头。小豆子身子忽被触碰，用力一甩，躲开了。

小石头道：

"钟楼打钟了，铸钟娘娘要鞋啦，听到吗？鞋！鞋！鞋！睡觉吧。"

小豆子疑惑了：

"铸钟娘娘是谁？"

"是——一只鬼魂儿！哈哈哈！"小石头吓唬他，然后大剌剌地走了。小豆子赶紧尾随。到了偏房，小石头只往里一指。

屋里脏兮兮的。是一个大炕。不够地方睡，练功用的长板凳都搭放在炕沿了。

四下一瞧，这群衣衫褴褛，日间扮猴儿的师兄弟们，一人一个地盘。只自己是外人。何处是容身之所？觑得一个空位，小豆子怯怯地爬上去。

凶巴巴的小三子欺新，推他一把：

"少占我的地，往里挤。一边里待着！"

大伙乘机推撞，嬉玩。不给他空位。

小豆子举目无亲地怔住，站着，拎住一包糕点，像是全副家当。很委屈。

小石头解溲完了，提溜着裤子进来，一见此情此景，路见不平拔刀相助：

"干什么？欺负人？"

一跃上炕，把小三子和小煤球的铺盖全掀翻。师哥倒有点威望：

"你们别欺负他！来！你睡这个窝。"

然后摆开架势，向着众人：

"谁不顺毛谁上，八个对一个！"

一见小石头捡起破砖头，全都意兴阑珊，负气躺下来。小三子犹在嘀咕：

"谁有你硬？大爷没工夫——"

"什么？"

终于也都老实下来。小豆子认得这是小石头的绝活，印象很深。但只觉这人嗓大气粗，不愿接近。

躺到炕上，钻进一条大棉被窝里，挤得紧冻得慌。一个人转身，逼令整排的都得翻。练功太累了，睡得沉。

只有小豆子，在陌生的环境，黑魆魆。伤口开始疼。一下子少了一小截相连过的骨肉，它不在了，他更疼。干瞪着眼，发愣，咬着牙在忍。

静夜里，忽地传来呜咽声，断续啁啾，一如鬼哭。小癞子在另一头，念着娘：

"……娘呀，我受不了啦……你们把我打死算了……呜呜呜……"

小豆子恐怖地，一动也不敢动。泪水滚下来。小石头被弄醒了。

"怎么还不睡？烦死人！"

"惦着……娘。"

"哦，"小石头一转念，信口开河来安慰他，"不要紧，过年她准来看你的。睡吧。"

见小豆子不大信任地瞅着自己，只好岔开点儿："爹呢？"

"跑掉了。你爹跟娘呢？"

小石头只豁达地打个哈哈：

"那两个玩意儿我压根儿没见过。我是石头里钻出来的！哎呀，好困呀——"

小豆子忍不住破涕苦笑。

只见小石头马上已睡着了，真是心无旁骛。天更黑了。

第二天一早，剃头了。关师父用剃刀一刮，一把柔软漆黑的头发飘洒下地，如一场黑色的雪。一下又一下……

小豆子非常不情愿。一脸委屈。

"别动！"关师父把他头儿用力按住，"叫你别动！"

小豆子巴嗒着大眼睛。他一来，失去一样又一样。

关师父向着门外："谁，给拿件棉衣来。"又吩咐："小粽子你们两个攥煤球去。顺便看看水开了没有。"

"是。"都是朗朗的应声。

小石头拎了棉衣来：

"凑合着穿。"

"谢谢师哥。"

头剃了，衣服一套，小豆子跟同门的师兄弟一个模样了。他把头摇了摇，又轻，又凉。不习惯。但混在一处，分不清智愚美丑，都是芸芸众生。

以后每天惺忪而起，大地未明，他们共同使用一个大汤锅的水洗脸。脸洗不干净，肚子也吃不饱。冻得缩着脖子，两手拢在袖里，由关师父领了，步行到北平西南城角的陶然亭喊嗓去。

陶然亭，它的中心是一座天然的土丘，远远望去，土丘上有一座小巧玲珑的寺宇，寺宇里面，自然是雕梁画栋，玉阶明柱，配厢回廊，布局森严。但孩子们不往这边弯，他们随师父到亭下不远，一大片芦苇塘，周围丘陵四伏，荒野乱坟，地势开阔。

正是喊嗓的好地方。

孩子四散，各找一处运气练声：

"咿——呀——啊——呜——"

于晨光暧昧之际，一时便似赶不及回去的鬼，凄凄地哭喊。把太阳哭喊出来。

童稚的悲凉，向远方飘去，只迎上一些背了书包上学堂的同龄小孩，他们在奔跑跳跃追逐，佣人唤不住，过去了。

天已透亮，师父又领回四合院。街面上的早点铺刚起火开张，老百姓刚预算一天的忙碌。还没吃窝窝头，先听师父训话，大伙站得挺挺的，精神抖擞，手放背后，踏大字步。

师父在训话时更像皇上了：

"你们想不想成角儿？"

"想！"——文武百官在应和。

"梨园的饭碗是谁赏的？"

"是祖师爷赏的！"

"对！咱们京戏打乾隆年四大徽班进京，都差不多两百年了，真是越演越红越唱越响，你们总算是赶上了——"

然后他习惯以凌厉的目光横扫孩子们：

"不过，戏得师父教，窍得自己开。祖师爷给了饭碗，能不能盛上饭，还得看什么？"

"吃得苦！长本事！有出息！"

关师父满意了。

练功最初是走圆场，师父持一根棍子，在地面上敲，笃、笃、笃……

孩子们拉开山膀，一个跟一个。

"跟着点子走，快点，快点，手耗着，腿不能弯，步子别迈大了……"

日子过去了。就这样一圈一圈地在院子中走着，越来越快，总是走不完。棍子敲打突地停住，就得挺住亮相。一两个瘫下来，散漫的必吃上一记。到了稍息，腿不自已地在抖。好累。

还要压腿。把腿搁在横木梁上，身体压下去，立在地上的那条腿不够直，师父的棍子就来了。

一支香点燃着。大伙偷看什么时候它完了，又得换另一边耗上。

小癞子又泪汪汪的。

关师父很不高兴：

"什么？腿打不开？"

随手指点一个：

"你，给他那边撕撕腿，横一字。"

小豆子最害怕的，便是"撕腿"。背贴着墙，腿作横一字张开，师父命二人一组，一个给另一个两腿间加砖块，一块一块地加，腿越撕越开。偷偷一瞥，小癞子眼看是熬不住了，痛苦得很。

此时，门外来了个戴镶铜眼镜的老师爷，一向给春花茶馆东家做事。来看看货色。

关师父一见，非常恭敬：

"早咧。师大爷。"

便把徒儿招来了：

"规规矩矩的呀，见人带笑脸呀。来。"

一壁赔笑：

"这些孩子夹磨得还瞅得过眼去。您瞧瞧。"

一个一个，棍子底下长大，什么抢背、鲤鱼打挺、乌龙绞柱、侧空翻、飞腿、筋斗、下拱桥……都算上路。老师爷早就看中小石头了，总是着他多做一两个，末了还来个摔叉。

"来了个新的。这娃儿身子软，好伶俐。小豆子，拧旋子看看。"

小豆子先整个人悬空一飞身，岂料心一慌，险险要仆倒，他提起精神，保持个燕式平衡，安全着陆。师父在旁看了，二话不说，心底也有分数。是比小石头还定当点。

谁知他立定了，忽而悲从中来，大眼睛又巴嗒巴嗒地眨，滚着劫后余生的惊恐泪珠。

师父叱骂："没摔着就哭，摔着了岂不要死？"小豆子眼泪马上往回滚去，一刹间连哭也不敢，心神不定。

"表演个朝天蹬，别再丢脸了。"

小豆子抬起腿，拉直，往额上扳，有点抖。

"朝天蹬嘛！"师父急了，"抬高，叫你抬高！直点！"

他一屁股跌在地上。

关师父气极，连带各人的把式都前功尽废似的，颜面过不去，怒火冲天：

"妈的，你也撕撕腿去！"

小豆子望向可怖的墙根。小癞子正受刑般耗着，哭哑了嗓子：

"疼死了！娘呀，我死给您看呀，您领我回家去吧，我要回家……"

他想，自己也要受同样的罪，上刑场了。脸色白了，先踢腿，松筋骨。

"哎——"

小三子给他加砖块。一，二，三，四……撕心裂肺的叫声，大伙都听见了。小石头心中有点不忍。

乘师父讪讪地送老师爷出门时，小石头偷偷开溜，至墙根，左右一望，双手搓搓小豆子的腿，趁无人发觉，假装踢石子，一脚把砖踢走。一块，两块。又若无其事地跑开。

为此，小豆子觉得这师哥最好。

小石头为了自己的义举窃喜：

"好些吧？嘻嘻！"

只见小豆子脸色一变。情况不妙了。一回头，关师父满脸怒容：

"戏还没学成，倒先学着偷工减料！丢人现眼！都不想活了！"

一声虎吼：

"他妈的！还拉帮结党，白费我心机！全都给我打！搬板凳，打通堂！"

"打通堂"，就是科班的规矩，一个不对，全体株连，无一幸免。

孩子们跑不了，一个换一个，各剥下半截裤子，趴在长板凳上，轮流被师父打屁股。啪哒啪哒地响。

隔壁的人家，早已习惯打骂之声。

关师父狠狠地打：

"臭泥巴，吃不得苦！一颗老鼠粪，坏我一锅汤！"

心中一股郁闷之气，都发泄在这一顿打上。不如意的人太多了，女人可以哭，孩子可以哭，但堂堂男子，只能假不同的借口抒泄：轰烈地打喷嚏、凶狠地打哈欠、向无法还手的弱小吼叫。这些汹涌澎湃，自是因为小丈夫，吐气扬眉机会安在？又一生了，只能这样吐吐气吧。生活逼人呀，私底下的失望、恐慌、伤痛……都是手底下孩子不长进，都是下三滥烂泥巴。

他的凶悍，盖住一切心事。重重心事，重重的不如意。想当初，自己也是个好角儿呀……

轮到主角趴上板凳了。

小石头是个挨打的"老手"，在痛楚中不忘叮嘱小豆子："绷紧——屁股——就不疼——"

小豆子涕泪淋漓，绷紧屁股，啃着板凳头。

"你这当师哥的该打不该打？"

又怒问：

"你说，你师哥这么纵容你，该打不该打？说！"

小豆子一句话也不肯说。

"不说？你拧？"

把气都出在他身上了。关师父跟他干上了："我就是要治你！"

忽而像个冤家对头人。打得更凶。

小豆子死命忍着。

交春了。

他也来了好几个月，与弟兄们一块，同游共息，由初雪至雪霁。

孩子们都没穿过好衣服。他们身上的，原是个面口袋，染成黑色，或是深颜色，做衣服，冬天加一层棉，便是棉衣。春暖了，把棉花抽出来搁好，变成两层的夹衣。到了夏天，许是再抽下一层，便是件单衣。大的孩子不合穿，传给小一点的孩子。破得不能穿了，最后把破布用浆糊裱起来，打成"袼褙"做鞋穿。

天桥去熟了，混得不错，不过卖艺的，不能老在一个地方耍猴，也不能老是耍猴。难道吃定天桥不成？

孩子长得快，拉扯地又长高了。个个略懂所谓十八般武艺：弓、弩、枪、刀、剑、矛、盾、斧、钺、戟、鞭、锏、挝、殳、叉、把头、绵绳套索、打。不过"唱、做、念、打",打还只是砸基础。

关师父开始调教唱做功架。

天气暖和了,这天烧了一大锅水,给十几个孩子洗一回澡。这还是小豆子拜师入门以后,第一次洗澡,于蒸汽氤氲中,第一次,与这么多弟兄们肉帛相见,袒腹相向。

取一个木勺子,你替我浇,我替你浇。不知时光荏苒。忽闻得"鞋!鞋!鞋!"的钟声传来。

小豆子无端想起他与娘的生离。"师哥,我好怕这钟声。"

"不用怕,"才长他三年,小石头懂的比他多着呢,"不过是铸钟娘娘想要回她的鞋吧,你听,不是'要鞋!要鞋!'这样喊着吗?"

"你不是说,她是只鬼魂儿么?"小豆子记得牢,"她为什么要鞋?"

各人见小豆子不晓得,便七嘴八舌地逞能,务要把这传奇,好好说一遍。

"很久很久以前,有一个皇帝敛尽了城里的铜钱,强迫所有铜匠为他铸一口最巨大的铜钟,一回两回都不成功,铜匠几乎被他杀光了。"

"有一个老铜匠,用尽方法一样不成,便与女儿抱头痛哭,说他也快被皇帝杀头了。"

"这姑娘一定要到熔炉旁边看,就在最后一炉铜汁熔成了,一跳跳进里头去。"

"就像我们练旋子一样,一跳——"一个小师哥还赤身示范起来,谁知失足滑了一跤。大伙笑起来,再往下说。

"老父亲急了,想救她,已经来不及,一把只抓住她一只鞋。"

"铜钟铸好了，就是现在鼓楼后钟楼前的那一口。晚上撞钟报更时，都听得她来要鞋的。"

小豆子很害怕。

"你怎不晓得铸钟娘娘的故事？"小石头问，"你娘没跟你说？"

小三子最看不过，撇撇嘴：

"也许你娘也不晓得。"

"不！"小豆子分辩，也护着娘，"她晓得。她说过了，我记不住。"

"你娘根本也不晓得。"

"你娘才没说过呢！"

小豆子于此关头，没来由地憎恨这侮辱他娘的小师哥。

"算啦别吵啦，"小石头道，"我们不是听娘说的，是拉胡琴的丁二叔说的。"

"呀——"小豆子忽地张惶起来，"丁二叔，哎！明儿得唱了。"

他心神回来了，也不跟人胡扯了，赶忙背着戏文：

"我本是男儿郎，又不是女娇娥——"

小石头木勺的水迎头浇下。

"又岔到边里去了。是'我本是女娇娥，又不是男儿郎——'"

几个孩子架着脏兮兮的小癞子进来，把他像木偶傀儡一样扔到水里去，溅起水花。

小癞子只一壁叨叨不清，成为习惯。

"别逗了，烦死了。反正我活不长啦，我得死了。哎哟，谁踩着我啦——"

四下喧闹不堪，只有小豆子，念着明儿的"分行"，不安得很。

小石头鼓励他：

"来，再背。就想着自己是个女的。"

小豆子坚决地：

"好！就想着，我小豆子，是个女的。'我本是女娇娥，又不是——'"

师兄弟们全没操那份心。他们只是嬉玩着，舒服而且舒坦。又爱打量人家的"鸡鸡"。

"嗳，你的鸡鸡怎么是弯的？"

一个也全无机心，拿自己的话儿跟人一比："咦？你这比我小！"

一块成长，身体没有秘密。只有小豆子，他羞怯地半侧着身子，就叨念着，自己是个女的……

断指的伤口全好了。只余一个小小的疤。春梦快将无痕。

这天是"分行"的日子。

孩子们穿好衣服，束好腰带，自个伸手踢脚喊嗓，之后，一字排开。

眼前几个人呢。除开关师父，还有上回那师大爷，拉胡琴的歪鼻子丁二叔。大人们坐好了，一壁考试一壁掂量。

就像买猪肉，挑肥拣瘦。

先看脸盘、眉目。挑好样的生。

"过来，"关师父喊小石头，"起霸看看。"

小石头起霸，唱几句"散板"：

"乌骓它竟知大势去矣，

因此上在枥下，

咆哮声嘶！"

轮到下一个，气有点不足，可很文，也能唱小生。又到下一个……

"这个长得丑。"

"花脸倒是看不出。"关师父护着。

"这个指头太粗了。"

"这个瘦伶伶的，不过毯子功好，筋斗可棒呢！"

"这个……"

一个一个被拣去了，剩下些胖的、眼睛小的、笨的……因没人要，十分自卑难过。只在踢石子，玩弄指头儿，成王败寇的残酷，过早落在孩子身上。

到底也是自己手底下的孩子，关师父便粗着嗓门，像责问，又似安慰：

"小花脸、筋斗、武打场不都是你们吗？戏还是有得演的。别以为'龙套'容易呀，没龙套戏也开不成！"

大伙肚里吃了萤火虫。

师大爷又问：

"你那个绝货呢？"

胡琴拉起了。

关师父得意地瞅瞅他，把小豆子招来：

"来一段。"

不知怎地，关师父常挑一些需得拔尖嗓子的戏文让他练。自某一天开始——

四合院里还住了另外两家人，他们也是穷苦人家，不是卖大碗茶，就是替人家补袜底儿、补破袄。也有一早出去干散活的：分花生、择羊毛、搬砖块、砸核桃儿……

卖茶的寡母把小木车和大铜壶开出去，一路地吆喝：

"来呀，喝大碗茶呀……水开茶酽，可口生津啊，喝吧……"

师父总是扯住他教训。只他一个。

"小豆子你听，王妈妈使的是真声，这样吆喝多了，嗓子容易哑，又费力气。你记住，学会小嗓发声，打好了底……"

今天小豆子得在人前来一段了。

昨儿个晚上，本来背得好好的。他开腔唱了："我本是——我本是——"

高音时假声太高，一下子回不过来。回不过来时心慌了。

又陷入死结中。

关师父眯瞪着眼：

"你本是什么呀？"

"我本是男儿郎——"

正抽着旱烟的师父，"当啷"一声把铜烟锅敲桌面上。

小豆子吃了一惊，更忘词了。

小石头也怔住。大伙鸦雀无声。

那铜烟锅冷不提防捣入他口中，打了几个转。

"什么词？忘词了？嘎？今儿我非把你一气贯通不可！"

师大爷忙劝住。

"别捣坏了——"

"再唱！"

小豆子一嘴血污。

小石头见他吃这一记不轻，忙在旁给他鼓励，一直盯着他，嘴里念念有词，帮他练。小豆子含泪开窍了。琅琅开口唱：

"我本是女娇娥，

又不是男儿郎……

见人家夫妻们洒落，

一对对着锦穿罗，

啊呀天吓，不由人心热似火——"

嗓音拔尖，袅袅糯糯，凄凄迷迷。伤心的。像一根绣花针，连着线往上扯，往上扯，直至九霄云外。

师大爷闭目打着拍子。弟兄们只管瞅住他。

小豆子过关了。

师父踌躇满志：

"哼！看你是块料子才逼你！"

他的命运决定了。

他童稚的心温柔起来。

"不好了！不好了！——"

一个徒儿蓦地走过来，惊扰一众的迷梦。

胡琴突然中断了。

"什么事？"

小黑子仓皇失措，说不出话来：

"不好了！不好了！"

好景不常。院子马上闹成一片。

杂物房久不见天日。

堆放的尽是刀枪把子，在木架子上僵立着。简陋的切末、戏衣、箱杠，随咿呀一响，木门打开时，如常地映入眼帘。

太阳光线中漫起灰尘。

见到小癞子了——

他直条条地用腰带把自己吊在木架子上面。地下漾着一摊失禁流下的尿。

孩子们在门外在师父身后探看。他们第一次见到死人。这是个一直不想活的死人。

小豆子带血的嘴巴张大了。仿佛他的血又汩汩涌出。如一摊尿。

这个沉寂、清幽的杂物房，这才是真正的迷梦。小癞子那坚持着的影儿，压在他头上肩上身上。小豆子吓得双手全捂着眼睛。肩上一沉，大吃一惊，是小石头过来搂着他。

木门砰然，被关师父关上了。

这时节，明明开始暖和的春天，夜里依旧带寒意，尤其今儿晚上，炕上各人虽睡着了，一个被窝犹在嗦嗦发抖。

小石头被弄醒了：

"怎么啦？"

小豆子嗫嚅。

"好怕人呀，小癞子变鬼了？"

小石头忽地一骨碌爬起来，把褥子一探："我还梦见龙王爷发大水呢，才怪，水怎么热呼呼的？尿炕了！"

"我……"

小石头支起半身把湿淋淋的褥子抽出来，翻了过儿。

"睡吧。"

小豆子哆嗦着。小石头只好安慰他：

"你抱紧我，一暖和就没事儿。鬼怕人气。"

他钻到他怀中，一阵，又道：

"师哥，没你我可吓死了。"

"孬种才寻死。快睡好。明儿卯上劲练，卯上劲唱，成了角儿，哈哈，唱个满堂红，说不定小癞子也来听！"

乐天大胆的小石头，虽是个保护者，也一时错口。听得"小癞子"三个字——

"哇——"

小豆子怕起来，抱得更紧。

"谁？"外头传来喝令，"谁还不睡？找死啦？"

师父披了件袄子，掌灯大步踏进来。

"——我。"

"吵什么？吵得老子睡不着，他妈的！"

关师父因着白天的事，心里不安宁，又经此一吵，很烦。一看之下，火上加油：

"尿炕？谁干的好事？"

全体都被吵醒了。没人接话碴儿。师父怒目横扫。小石头眼看势色不对，连忙掩护小豆子，也不多想，就抢道：

"我。"

小豆子不愿师哥代顶罪，也抢道：

"我。"

如此一来，惹得关师父暴跳如雷：

"起来！起来！通通起来——"

待要如常地打通堂。

孩子们顺从地，正欲爬起来。

关师父无端一怔，他想起小癞子的死。想起自己没做错过什么呀，他也是这样苦打成招似的练出来的。"想要人前显贵，必得人后受罪"，当年坐科时，打得更厉害呢，要吃戏饭，一颗汗珠落地摔八瓣……

他忽地按捺住。但，嗓门仍响：

"都躺好！我告诉你们呀，'分行'了，学艺更要专一，否则要你们好看！"

把油灯一吹。灯火叹一口气，灭了。

他又大步地踏出去。

第二天一早，师父跟师大爷在门边讲了很多话，然后出去了。

大伙心中估量，自顾自忐忑。

不一会，师大爷拎着烧饼回来了，分了二人一组，烧饼在孩子眼前，叫他们注视着。练眼神。

"眼珠子随着烧饼移：上下转，左右转，急转，慢转……"

大门口有人声。

孩子们的眼珠子受了吸引，不约而同往外瞅着，不回转了。

只见两个苦力拉着平板车，上面是张席子，席子草草裹着，隐约是个人形。关师父点头哈腰，送一个巡捕出门。

大伙目送着同门坐科的弟兄远去。

小豆子在小石头耳畔悄悄道：

"小癞子真的走出去了！"

他出去了。只有死掉，才自由自在走到外边的世界。自门缝望远，"它"渐行渐远渐小……

小豆子头上挨了一记铜烟锅子。

关师父，他并没改过自新，依旧锲而不舍地训诲：

"人活靠什么？不过是精神。这精神靠什么现亮？就这一双眼珠子。来！头不准动，脖子也不准动，只是眼珠子斜斜地滚……"

练熟了，眼皮、眼眶、眉毛都配合一致。生旦净丑的角色，遇到唱词道白都少的戏，非靠眼神来达意。所谓"眼为情苗，心为欲种"。

眼为情苗。

一生一旦，打那时起，眼神就配合起来，心无旁骛。

野草闲花
满地愁

南风薰暖。霞光绮云中，孩子们到陶然亭喊嗓去。雨后的笋儿，争相破土而出。

"师父挑了我做旦，你做生。那是说，我俩是一男一女……"

"是呀，那一出出的戏文，不都是一男一女在演吗？"

"但我也是男的。"

"谁叫你长得俊？"

几个被编派做龙套的孩子，很快也忘掉他们的命途多舛，不尽如意。围过来说话：

"你倒好，只你一个可以做旦，我们都不行。"

艳羡之情，溢于言表。其实大伙根本不太明白，当了旦角，是怎么一回事。只道他学艺最好，所以十个中挑一个。自己不行，也就认命了。不然又能怎样？

小豆子就这样开始了他的"旦角"生涯。关师父也开始把他细意调理，每个动作、身段，柔靡的、飘荡的，简直是另一世界里头的经验。

硬受了一刀伤疼的手，脱胎换骨，重生了。

他摊着兰花手，绕个腕花，在院子中的井栏边上，轻轻走圆台，一步、一步、一步。脚跟子先试试位置，然后是脚掌，然后到脚尖。缓缓地缓缓地半停顿地好不容易到了花前，假装是花前，一下双晃手指点着牡丹，一下云手回眸，一下穿掌托腮凝思，眼神飘至老远，又似好近。总之，眼前是不是真有花儿呢？是个疑团——时间过得很快，眼神流得很慢。一切都未可卜。

万般风情。

小豆子唱着"思凡"：

"小尼姑年方二八，

正青春被师父削去了头发，

见几个子弟游戏在山门下，

他把眼儿瞧着咱，

咱把眼儿觑着他，

两下里多牵挂……"

当她娇羞回望，眼角斜睨过去，便见小石头们在开打。

关师父边敲铜锣，边给点子，灿烂声喧中，永远有他的吼叫：

"要打得合节奏，不能一味蛮打、狠打、硬打、乱打……"

小石头亮相，也真有点威仪，不失是个好样的生。人人用各式兵器压住他的大枪，他用霸王腔调暴吼一声，将众人挡开，打将起来。

他适才见到小豆子，兰花指理鬓、整襟、提鞋、穿针、引线……同是男的，大家学的却两样，想想也好笑。便被小豆子瞥到了。

在这喧嚣中的沉默。

小豆子想："真好，很快就可与师哥合演一台戏了。"

正忘形时，关师父一喝：

"看什么？那是生净活路，没你的事。给我踩跷去。各练各的！"

在基本的训练功夫中，还有跷工，一踩跷，全身重心就都集中在足尖和脚掌之间。师父那么大个子，在热天里敞开上衣，见肚脐上还长毛，一直往上长着呢。怎能想象他会得踩跷？所以一群徒儿图看新鲜，围过来。师父只凭口说，让小豆子在圈心练着。

"小肚子往内收，收呀，吸一口气，肌肉往上提，试试看。"

小豆子婀娜地立起"三寸金莲"，娉婷走几步，身子不敢瘫下来偷懒歇工。晃荡几下，不稳当，险险要跌。小石头上前急扶一把。

大局已定。

二人相视一笑。

"春花茶馆"的周遭是小桌子，茶客沏了壶好茶，嗑着瓜子，嗫着饼饵，也听听戏。有的客人把一排排长板凳搬到前面坐下，后面的便说笑打闹，说坏了规矩。

小二提着大铜壶，跑腿的穷孩子给大伙递毛巾把子，也有卖糖果、花生仁儿的，冬天还卖糖炒栗子。乘机看蹭儿戏。

茶馆让出一爿空地作为前台，旁边有红底黑字的戏码，上书"群英会"。

这"群英"，原就是师大爷给东家推许过的科班小子。关师父那天拎了点心匣子来见过。东家爷们在调弄小鸟，回头打量打量几个台柱，还登样。

"你给我开个戏码，替你插个场子就是。可咱的规矩——"东家道，"第一是唱白天，第二是唱开场，第三……"

"成啦成啦，给孩子一个机会见见世面，踏踏台毯嘛，这就鞋面布做帽子——高升了。其他嘛，赏孩子们几大枚点心钱就好。"

正式扮戏了。

前台左右各有上场门下场门，后面闹嚷嚷的。师父给每人画了半边："自己照着这一半来上油彩，给你们看着样儿。"

于是都仔细端详镜中的阴阳脸，抖呀抖地妆扮着，最后摇身一变，成为一个个古人。

"哎，用白的用白的，你瞧，你这边不是画多了吗？钟无艳一样！"

小豆子第一次扮演美人，吊梢凤眼，胭脂绯红连绵腮边脸颊眼睑上，不知像什么。也许一个初生的婴儿也是这般的红通通。

"我替你画。"小石头兴起，在另一边脸上依样葫芦。

"小石头你管你自己不就成了？磕一个头放三个屁，行好没有作孽子。你替他画了，他自己不会画，这不就害苦他？以后你照应他一辈子呀？"

小石头只好死死地溜开，还嘀咕：

"一辈子就一辈子！"

小豆子自镜中朝他作个鬼脸，他也不反应，自顾自装身去，好一副倔脾气。

师父又过来打量小豆子的妆扮。

不对劲，加添了数笔，发牢骚：

"祖师爷赏你饭吃，成了红角儿，自有包头师父，现在？谈不上！"

终于锣鼓响起。拉胡琴的歪鼻子丁二叔问："准备好啦？上场啰！"

上场了：生是吕布，旦是貂蝉。还有董卓、诸葛亮、关公、张飞……战战兢兢唱一场。

小石头出场时，小豆子躲在一壁偷看，手心都出汗了。轮到他出场，二人在茶馆的中心，勉力地唱着不属于他们年岁的感情，一点也不明白，只是生生地背着词儿，开腔唱了。吕布与貂蝉，春花茶馆。是呀，群英会，"群英"的奠基。

二三十年代，社会中人分三六九等，戏曲艺人定为"下九流"，属于"五子行业"。哪五子？是戏园子、饭馆子、窑子、澡堂子、挑担子。好人都不干"跑江湖"事儿。

五子中的"戏子"，那么地让人瞧不起，在台上，却总是威风凛凛，千娇百媚。头面戏衣，把令人沮丧的命运改装过来，承载了一时风光，短暂欺哄，——都是英雄美人。

　　还没下妆，十岁上下的"群英"，一字排开，垂手而立，让师父检讨这回踏台毯得失。关师父从来不赞，这回更是骂得慌——骂尽了古今英雄：

　　"你这诸葛亮，笨蛋！学艺学到狗身上去啦？"

　　"董卓半点威武也使不出，一味往'腿子'里躲，怵阵啦？"

　　"关云长怎么啦？千斤口白四两唱，你还'吃栗子'呢！"

　　"张飞乱卖气力，抢到台中心干嘛？"

　　"你这吕布，光是火爆，心一慌就闭眼，怎么唱生？我看你不如扮个狗形算了！"

　　"还有貂蝉，身体瘫下来，一点都不娇媚，还说'四大美人'哪？眼睛往哪儿瞧？瞧着我！"

　　师父这四下数算了一番。你瞧他那毛茸茸的头脸，硬盖住了三分得意劲儿，心里有数：功夫还真不赖，不过小孩儿家，宠不得，非骂不可。多年的大道走成河，多年的媳妇熬成婆……

　　最初是唱茶馆子，后来又插了小戏园的场子了。戏班后台有大锅饭，唱戏的孩子可以在后台吃一顿"保命"饭，平时有棒子粥，有棒子面窝窝头，管饱。过节也有馒头吃。

　　一天一天地过去了。

　　三伏天，狗热得舌头也伸出来。

　　河畔，一群只穿粗布裤的孩子，喧哗地下水去。

　　趁着师父外出，找爷们有事，大伙奔窜至此玩乐，打水战，扭作一堆堆小肉山。

　　还有人扮着关师父平素的凶悍模样儿，瞪眼翘胡子，喊打喊杀的。小孩不记仇恨，更加不敢拂逆，背地悄悄装龙扮虎，图个乐趣无穷。

有一个汗水大的，总被师父痛骂：

"还没上场就满身的汗，像从水里捞上来，你这'柴头汗'，妈的，怎能吃戏饭？光站班不动也淌出一地的水！"

这柴头汗现下可宽心了，汗水加河水，浑身湿淋淋个痛快，再也不用莫须有地被痛骂一顿。他最开心，还仿效着念白：

"包龙图，打坐在，开封府。"

毛躁的小煤球，趁他马步不稳，顺手一推，他趴个狗吃屎。

小煤球拉开山榜："此乃天亡我楚，非战之罪也！"

终于你泼我，我泼你，无一幸免。

只有小豆子，一个人在岸边，沉迷在戏文中。他这回是苏三：

"人言洛阳花似锦，奴久系监狱——不知春——"

尽管人群在泼水挑衅，小豆子只自得其乐。局外人，又是当局者。

大伙忍不住：

"喂，你怎么个'不知春'呀？"

小三子最皮，学他扛着鱼柳的"苏三起解"，扭扭捏捏：

"小豆子我本是女娇娥——"

一个个扭着屁股，袅袅婷婷地，走花旦碎步，扭到小豆子跟前，水泼到他身上来。

他忙躲到小石头身后。

小石头笑："别欺负他。"

小豆子边躲着："师哥，他又来了！"

小三子和小煤球不肯放过，一起学："哎唷，'师哥，他又来了！'多娇呀！娘娘腔！"

小豆子被羞辱了，眼眶红起来：

"你们再说……"

小黑子凑过来：

"他根本不是男人，师父老叫他扮女的。我们剥他裤子看看！大家来呀——"

一呼百诺，啸叫着逼近。

小豆子听了，心下一慌，回身飞跑。

小石头护住他，一边大喝："你们别欺负他！你们别欺负他！"

看上去，像个霸王之姿。

不过寡不敌众，小豆子被包抄逮住了，你拉我扯的，好悬。小石头奋不顾身，不单以所向无敌的铜头一顶，还揪一个打一个，扭作一团。兵荒马乱中，突闻厉声：

"哎呀！"

这场野战，小石头被撞倒在硬地乱石堆上。头是没事，只眉梢破了一道口子，鲜血冒涌而出。

大伙惊变，陡地静下来。

小石头捂住伤口不言语。

"怎么办？"

"快用腰带绑着，止血。"

"千万别让师父知道。"

一个个取来腰带，湿漉漉的。

小豆子排众上前，流着泪，解下自己的腰带，给小石头扎上了。一重一重地围着：

"你这是为我的！师哥我对你不起！"

他帮他裹扎伤口的手，竟不自觉地，翘起兰花指。是人是戏分不开了。

"疼不疼？"

"没事！"

小豆子忽无限灰心：

"我不再挨了！娘答应过一定回来看我，求她接我走，死也不回来！你也跟我一块走吧？"

小石头静默一下：

"你娘，不会来接你的。"

"为什么？"小豆子受惊了。

"她不是已签了关书，画了十字吗？你得卖给师父呀。"

懂事的大师哥道：

"大伙都别蒙自己了——我也等过娘来，等呀等，等了三个新年，就明白了。"

天地苍茫，黄昏已近。

大伙无助地，有握拳呆立，有懊恨跪倒，有俯首闭目……都不语。

霞光映照在野外一群赤裸的小子身上，分外妖娆邪恶。

不知谁省起：

"快回去，晚了师父会骂。"

众收拾心情回"家"转。刚才的欢腾笑闹言犹在耳，却是杳不可寻。想家，想娘……

一进门，师父果然破口大骂：

"都死到哪儿去？太阳快下山了，才晓得回来。老子一时不在，就躲懒打水战去？你看你这柴头汗，浑身……"

又是柴头汗遭殃。他不敢吭声。

一见小石头：

"——咦？你这道口子是怎么搅的？连脸都不顾啦？脸坏了，谁看你？姜子牙开酒饭馆呀？卖不出去自己吃呀？"

师父急了，一壁张罗着：

"哎呀，药散呢？你，还有你，给拿来，同仁堂那瓶。"

徒儿战兢地，看他细意地调弄伤口，嘴巴却不曾饶过，声大气粗：

"这么显眼的口子！在眉梢骨上。哼！眉主兄弟，看你破了相，将来兄弟断情断义！"

小豆子听得此句，受惊至深，在一众徒儿中间，一抖。

"真不知轻重，"师父又道，"还得到公公的府上出堂会呢。好不容易出头了——"

药散很狼虎，小石头忍疼皱了眉，更疼。小豆子但愿可以分担一半。

夏天最后一个晚上。

大红灯笼把大宅庭院照得辉煌耀目。"万年欢"奏得喜气洋洋。

院里搭了个大戏台，上吊透雕大罩顶，后挂锦缎台帐，刺绣斑斓，是一个大大的"寿"字。台上正上着"跳加官"——都民国了，万众一心，还是想的是"官"，换个名儿，也是官。源远流长的虚荣。都想当主子，都不想当下人。

关师父徒儿出堂会了。快上场，正对镜勾脸时，师大爷拎着戏单，一脸疑惑不解地对关师父道：

"倪老公过寿，干么要点'霸王别姬'？"

关师父摇头，也不明白。

"我也奇怪，这哪是贺寿的戏码儿？"但他随即就顺服了，"公公爱这个，就给他唱这个嘛。"

只瞥得不远处一脸胭红的小豆子，正托着小石头的脸，小心翼翼地勾着霸王的色相。小石头眉梢带伤，吃这彩一上，疼。小豆子怕弄坏了，住了手，又怕师父见到。

小石头忍着，只好若无其事，免他不安。

关师父不敢在公公府上骂孩子，只装作看不见。

催场的跑过来，念着他半生最熟习的对白："戏快开了！快点！快点！"——不管对着谁，就这几句。

大伙在后台，掀帘偷窥看客。

只见都是衣饰丽都的遗老遗少，名媛贵妇。辫子不见了，无形的辫子还在。如一束游丝，捆着无依无所适从的故人，他们不愿走出去。便齐集于此，喝茶嗑瓜子听戏抽烟。

众簇拥的，是倪老公。年事已高，六十了。脸色绯红而多皱折，如风干的猪肚子。他无须，花发，眼角耷拉，看上去倒很慈祥慈悲，只尖寒的不男不女的声音出卖了他。他道：

"行了行了，别多礼，坐，坐。"

——还是有"身份"的。

这位老奶奶似的老头坐好，眯着眼，让一台情义，像一双轻重有致的手，按摩着他。万分沉醉。

小豆子扮演的虞姬，从上场门移步出来了。

他头戴如意冠，身披围花黄帔，项带巨型金锁，下着百褶戏裙——戏衣是公家的，很多人穿过，从来不洗，有股汗酸味。但他扮相娇美，没有人发觉它略大、略重。

小虞姬唱"西皮摇板"：

"自从我随大王东征西战，

受风霜与劳碌年复年年。

恨只恨无道秦把生灵涂炭，

只害得众百姓困苦颠连。"

听戏的人齐声吆喝：

"好！好小子！"

给了一个碰头好。

乌骓马啸声传来，小石头扮演的霸王，身穿黑蟒大靠，背插四面黑旗，也威风凛凛地开腔了：

"枪挑了汉营中数员上将，

纵英勇怎提防十面埋藏；

传将令休出兵各归营帐。"

霸王也博得一片彩声。

关师父在后面听了，吁一口气，如释重负。比他自己唱还要紧张。

不苟言笑的他，偷偷笑了——因为看戏的人笑。

公公府上的管家也笑吟吟地过来。把一包银元塞进他手中：

"老公有赏啦！"

正瞅着两个顶梁柱子在卸妆的关师父一声哎哟，忙道：

"谢谢啦！谢谢啦！"

"成了。"管家笑，"你这班子藏龙卧凤！"

待要谦恭几句。

小豆子正给小石头擦油彩擦汗，擦到眉梢那道口子，它裂了。

"哎——"

小豆子一急，捧过小石头的脸，用舌尖吸吮他伤口，轻轻暖暖的，从此不疼……

可恨管家吩咐：

"老公着小虞姬谢赏去！"

"呀！快，快！"

小豆子鲜艳的红唇，方沾了一块乌迹，来自小石头眉间伤疼。又没时间了。

小豆子抬起清澈无邪的大眼睛，就去了。

倪老公刚抽过两筒，精神很好。

他半躺在鸦片烟床上。

寝室的门在小豆子身后悄然关上。乍到这奢华之地，如同王府。

小豆子不知所措，只见紫黑色书橱满壁而立，"二十四史"，粉绿色的刻字，十分鲜明。——诉说前朝。

倪老公把烟向小豆子一喷。几乎呛住，但仍规规矩矩地鞠个躬。

小豆子娇怯地：

"倪老公六十大寿，给您贺寿来了——"

老公伸出纤弱枯瘦的手止住：

"今年是什么年？"

"……民国十九——"

他又挥手止住：

"错了，是宣统二十二年——大清宣统二十二年！"

倪老公自管自用一块珍贵的白丝绸手绢擦去小豆子红唇上的乌迹，然后信手一扔，手绢无声下坠，落到描金红牡丹的痰盂中去。痰盂架在紫檀木上。

他把小豆子架在自己膝上。无限爱怜，又似戏弄。抚脸，捏屁股，像娘。腻着阴阳怪气的嗓音：

"唔？虞姬是为谁死的？"

"为霸王死。"

他满意了。也因此亢奋了。鸦片的功效来了。

"对！虞姬柔弱如水一女，尚明大义，尽精忠，自刎而死，大清满朝文武，加起来竟抵不过一个女子？"他越说越激昂，声音尖刻变调，"可叹！可悲！今儿我挑了这出戏码儿，就是为了羞耻他们！"

他的忠君爱国大道，如河缺堤，小豆子在他膝上，坐得有点不宁。

"怎么啦？小美人？"

小豆子怯怯道：

"想——尿尿。"

倪老公向那高贵的痰盂示意。

小豆子下地，先望老公一下。半遮半掩地，只好剥裤子——

他见到了！

倪老公见到他半遮半掩下，一掠而过，那完整的生殖器！平凡的，有着各种名称的，每一个男子都拥有的东西。孩子叫它"鸡鸡"、"牛牛"。男人唤作"那话儿"、"棒棰"、"鸡巴"……粗俗或文雅的称呼。

他脸色一变。

他忘记一切。他睽违已久。他刻意避忌。艳羡惊叹百感交集，在一个不防备的平常时刻。

倪老公有点失控，下颏微抖：

"慢！"

小豆子一怔。

倪老公取过几上一个白玉碗，不知哪年，皇上随手送他的小礼物。晶莹剔透，价值连城。他把它端到小豆子身下。

生怕惊扰，无限怜惜。轻语：

"来，尿在碗里头吧。"

小豆子憋不住了，就尿尿。

淋漓、痛快、销魂——倪老公凝神注视。最名贵的古玩，也比不上最平凡的生殖器。他眼中有凄迷老泪，一闪。自己也不发觉。或隐忍不发，化作一下欷歔，近乎低吟：

"呀——多完美的身子！"

他用衣袖把它细意擦干净。

蓦地——

他失去理智，就把那话儿，放在颤抖的嘴里，衔着，衔着。

小豆子，目瞪，口呆，整个傻掉了……

迈出公公府上大门时，已是第二天的清晨。关师父兴致很高，一壁走着，一壁哼曲子。

徒儿各人脸上残留脂粉，跟在他后头，说着昨夜风光。

"哗，公公家门口好高呀！"

"戏台也比茶馆子大多了。"

小石头怀中揣了好些偷偷捎下的糕点、酥糖，给小豆子看：

"嘻，捎回去慢慢吃，一辈子没吃这么香。来，给。"

见得小豆子神色凄惑。小石头毫无机心，只问：

"怎么啦？病啦？"

小豆子不答。从何说起？自己也不懂，只惊骇莫名。

"哑巴了？说呀！"

面对小石头关心的追问，他仍不吭一声。

"小豆子你有话就说出来呀，什么都憋在心里，人家都不知道。"

走过胡同口，垃圾堆，忽闻微弱哭声。

小豆子转身过去一瞧，是个布包。

打开布包，咦？是个娃娃。

全身红红的，还带血。头发还是湿的。肚子上绑了块破布。

关师父等也过来了：

"哦，是野孩子，别管闲事了。"

他把布包放回原地："走哇！"

"师父——"小豆子忍不住泪花乱转，"我们把她留下来吧？是个女的。"

"去你妈的，要个女的干嘛？"关师父强调，"现在搭班子根本没有女的唱。咱们是泥菩萨过江，自身难保！"

小豆子不敢再提，但抽搐着，呜咽得师父也难受起来，粗声劝慰：

"你们有吃有穿，还有机会唱戏成角儿，可比其他孩子强多了。"

小石头来拍拍他，示意上路。他不愿走，挨挨延延。

泪匣子打开了关不住。是一个小女孩呀，红粉粉的小脸，一生下来，给扔进垃圾堆里头，哭死都没人应。末了被大人当成是垃圾，一大捆，捆起扔进河里去……她头发那么软，还是湿的。哭得多凄凉，嗓子都快哑了，人也快没气了。

恐怕是饿呀，一定是饿了。

她的娘就狠心不要她？一点也不疼她？想起自己的娘……

关师父过来，自怀中摸出两块银元，分予二人。又一手拉扯一个，上路了。像自语，又像说大道理：

"别人骑马我骑驴，仔细思量我不如；可是回头看，还有挑脚汉！"

小豆子心里想：

"娘一定会来看我的，我要长本事，有出息，好好地存钱，将来就不用挨饿了。"

他用手背抹干泪痕。

小石头来哄他：

"再过一阵，逛庙会，逛厂甸，我们就有钱买盆儿糕，买十大块！盆儿糕，真是又甜、又黏、又香。唔，蘸白糖吃。还有……"

满目憧憬，心焉向往。

"小豆子，咱哥儿俩狠狠吃它一顿！"

又到除夕了。

大伙都兴高采烈地跑到胡同里放鞭炮，玩捉迷藏。唱着过年的歌谣，来个十八滚、飞腿，闹嚷一片。

家家的砧板都是噔噔噔的剁肉、切菜声，做饺子馅——没钱过年的那家，怕厨中空寂，也有拿着刀剁着空砧板，怕人笑。

小豆子坐在炕上，用红红绿绿的亮光纸剪窗花，他也真是巧，剪了一张张的蝴蝶、花儿。执剪刀的手，兰花指翘着，细细地剪。

"咿——"门被推开。小石头一头一脸都泛汗，玩得兴头来了，拉扯小豆子出去。

"来呀，净闷在炕上干什么？咱放小百响、麻雷子去。小煤球还放烟火，有金鱼吐珠，有满地锦……"

"待会来。"

"剪什么呀剪？"

小石头随手拎起来看，手一粗，马上弄破一张。小豆子横他一眼，也不察觉。

"这是什么？蝴蝶呀？"

"蝴蝶好看嘛。喏，送你一个，帮忙贴上了。"

小石头放下：

"我才不要蝴蝶。我要五爪金龙、投林猛虎。"

小豆子不作声。他不会剪。

"算了，我什么都不要！"

小石头壮志凌云："有钱了，我就买，你要什么花样，都给你买，何必费工夫剪？走！"

鞭炮噼啪地响，具体的吉庆，看得到，听得见。一头一脸都溅了喜气。

"过年啰！过年啰！"

只有在年初一，戏班才有白米饭吃，孩子和大人都放恣地享受一顿，吃得美美的。然后扮戏装身，预备舞狮助庆，也沿门恭喜，讨些红包年赏。

小石头、小煤球二人披了狮皮整装待发，狮身是红橙黄耀目色相，空气中飘漾着欢喜，一种中国老百姓们永生永世的企盼。无论过的是什么苦日子，过年总有愿，生命中总有企盼，支撑着，一年一年。光明大道都在眼前了，好日子要来了。

小豆子结好衣钮，一身激滟颜色，彩蓝之上，真的布满飞不起的小白蝶，这身短打，束袖绑腿，便是诱狮的角色，持着彩球，在狮子眼下身前，左右盘旋缭绕，抛向半空，一个飞身又抢截了。狮子被诱，也不克自持，晃摆追踪，穿过大街小巷。

人人都乐呼呼地看着，连穿着虎头鞋、戴着镶满碎玉片帽儿的娃娃，也笑了。

掌声如雷。

就这样，又过年了。

舞至东四牌楼的隆福寺，上了石阶，遥遥相对的是西四牌楼的护国寺。两庙之间，一街都是花市，一丛丛盛开的鲜花，万紫千红总是春。游客上香祈福，络绎不绝。

师父领了一干人等，拜神讨赏，又浩荡往护国寺去。寺门有一首竹枝词：

"东西两庙最繁华，不数琳琅翡翠家；惟爱人工卖春色，生香不断四时花。"

每过新年，都是孩子们最"富裕"的日子。

但每过新年，娘都没有来。

小豆子认了——但他有师哥。

厂甸是正月里最热闹的地方了。出了和平门，过铁路，先见一眼望不到头的大画棚，一间连一间，逶迤而去。

然后是哗哗啦啦一阵风车声，如海。五彩缤纷的风车轮不停旋转，晕环如梦如幻，叫人难以冲出重围。

晕环中出现两张脸，小石头和小豆子流连顾盼，不思脱身。

风筝摊旁有数丈长的蜈蚣、蝴蝶、蜻蜓、金鱼、瘦腿子、三阳启泰……

小石头花尽所有，买了盆儿糕、艾窝窝、萨其马、豌豆黄……一大包吃食，还有三尺长的糖葫芦两大串，上面还给插上一面彩色小纸旗。

正欲递一串给小豆子，他不见了。

原来立在一家刺绣店铺外，在各式英雄美人的锦簇前，陶醉不已。他终于掏出那块存了数年的银元，换来两块绣上花蝶的手绢。

送小石头一块，他两手不空，不接，只用下颏示意：

"你带着。"

小豆子有点委屈了。

"人家专门送你擦汗的。"

"有劳妃子——今日里败阵而归，心神不定——"唱起来。

他和应："劝大王休愁闷，且放宽心。"

"哈！"小石头道，"钱花光了，就只买两块手绢？"

"先买手绢，往后再存点，我要买最好看的戏衣，置行头，添头面——总得是自己的东西，就我一个人的！"小豆子把心里的话掏出来了，"你呢？"

"我？我吃香喝辣就成了，哈哈哈！"

小豆子白他一眼，满是纵容。

走过一家古玩估衣店，琳琅满目的铜瓷细软。这是破落户变卖家当之处。

——赫见墙上挂了一把宝剑，缨穗飘拂着。剑鞘雕镂颜色内敛，没有人知道那剑身的光彩，只供猜想。如一只阖上的眼睛。

但小石头倾慕地怔住了。

"哗！太棒了！"他看傻了眼，本能地反应，"谁挂这把剑，准成真霸王！好威风！"

小豆子一听，想也不想，一咬牙：

"师哥，我就送你这把剑吧！"

"哎呀哈哈，别犯傻了！一百块大洋呐。咱俩加起来也值不了这么大的价，走吧。"

手中的吃食全干掉了。

他扳着小豆子肩膀往外走。小豆子在门边，死命盯住那把剑，目光炯炯，要看到它心底里方罢休。他决绝地：

"说定了！我就送你这把剑！"

小石头只拽他走：

"快！去晚了不得了——人生一大事儿呢！"

是大事儿。

关师父正襟危坐，神情肃穆。

一众剃光了头的小子，也很庄严地侍立在后排，不苟言笑，站得挺挺的，几乎僵住。

拍照的钻进黑布幕里，看全景。祖师爷的庙前，露天，大太阳晒到每个人身上，暖暖的，痒痒的，在苦候。

良久。有点不耐。

空中飞过一只风筝，就是那数丈长的蜈蚣呀，它在浮游俯瞰，自由自在。

一个见到了，童心未泯，拧过头去看。另一个也见到了，咧嘴笑着。一个一个一个，向往着，心也飞去了。

一盏镁灯举起。

照相的大喊：

"好了好了！预备！"

孩子们又转过来，回复不苟言笑，恭恭敬敬在关师父身后。一日为师，终生为父。他要他们站着死，没一个斗胆坐着死。

镁灯轰然一闪。

人人定在格中，地老天荒。在祖师爷眼底下，各有定数。各安天命。

只见一桌上放了神位，有红绸的帘遮住，香炉烛台俱备。黄底黑字写上无数神祇的名儿："观世音菩萨"、"伍猖兵马大元帅"、"翼宿星君"、"天地君亲师"、"鼓板老师"、"清音童子"……反正天上诸神，照应着唱戏的人。

关师父领着徒儿下跪，深深叩首：

"希望大伙是红果拌樱桃——红上加红……"

一下、两下。芳华暗换。

后来是领着祈拜的戏班班主道：

"白糖掺进蜂蜜里——甜上加甜。"

头抬起，只见他一张年青俊朗的脸，器宇轩昂。他身旁的他，纤柔的轮廓，五官细致，眉清目秀，眼角上飞。认得出来谁是谁吗?

十年了。

力拔山兮
气盖世

小石头和小豆子出科了。

料不到十年又过去。二人出科后，开始演"草台班"。一伙人搬大小切末，提戏箱，收拾行头，穿乡过户，一班一班地演。

最受欢迎的戏码，便是"霸王别姬"。

廿二岁的生，十九岁的旦。

唱戏的人成长，必经"倒呛"关口。自十二岁至二十岁中间，嗓子由童音而渐变成熟，男子本音一发生暗哑低涩，便是倒呛开始了。由变嗓到复原，有的数年之久方会好转，也有终生不能唱了。嗓子是本钱，坏了有什么法子？

不过祖师爷赏饭吃，小石头，他有一条好嗓子，长的是个好个子，同在科班出身，小煤球便因苦练武功，受了影响。只有小石头，于弟兄中间，武功结实，手脚灵便，还能够保持又亮又脆的嗓子，一唱霸王，声如裂帛，豪气干云。

小豆子呢，只三个月便顺利过了倒呛一关了。他一亮相，就是挑帘红，碰头彩。除了甜润的歌喉、美丽的扮相、传神的做表、适度的身材、绰约的风姿……他还有一样，人人妒恨的恩赐。

就是"媚气"。

旦而不媚，非良才也。求之亦不可得。

一生一旦，反正英雄美女，才子佳人，都是哥儿俩。苦出身嘛，什么都来。

眼看快成角儿了，背熟了一出出的戏文，却是半个字儿也不认得。只好从自己的名儿开始学起。

班主爷们拎着张红纸来，都是正规楷书，给二人细看：

"段老板，程老板，两位请过来签个名儿。"

小石头接过来，一见上书"段小楼"，他依着来念：

"段小——楼。师弟，你瞧，班主给改的名儿多好听，也很好看呀。"

"我的呢？程——蝶——衣。"他也开始接受崭新的名儿和命运了，"我的也不错。"

"来，"段小楼图新鲜，"摹着写。"

他憨直而用心地，抢起大拳头，握住一管毛笔，在庙里几桌上，一笔一划地写着，写得最好的，便是一个"小"字。其他的见不得人，只傻呼呼地，欲拳起扔掉。

程蝶衣见了，是第一次的签名，便抢过来，自行留住。

"再写吧。"

"嗳——你瞧，这个怎么样？"

轮到程蝶衣了。二人都是一心一意，干着同一桩事儿，非常亲近。

字体仍很童真，像是他们的手，跟不上身体长大。

祖师爷庙内，香火鼎盛，百年如一日，十载弹指过，一派喜庆升平，充满憧憬。

班主因手拥两个角儿，不消说，甚是如意，对二人礼待有加，包银不敢少给。

演过乡间草台班，也开始跑码头了。

程蝶衣道：

"师哥，下个月师父五十六大寿，我们赶不及贺他，不如早给他送点钱去？"

"好呀！"

段小楼心思没他细密，亦不忘此事。出科之后，新世界逐渐适应，旧世界未敢忘怀。程蝶衣，当然记得他是当年小豆子，小楼虽大情大性，却也买了不少手信，还有一袋好烟，送去关师父。

一样的四合院，坐落肉市广和楼附近。踏进院门的，却不是一样的人了。

在傍晚时分，还未掌灯，就着仅余天光，关师父身前，又有一批小孩儿，正在耍着龙凤双剑，套路动作熟练，舞起来也刚柔兼备。师父不觉二人之至，犹在朗声吆喝：

"仙人指路、白蛇吐信、怀中抱月、顺风扫莲、指南金针、太公钓鱼、巧女纫针、二龙吸水、野马分鬃"等招式。

剑，是蝶衣的拿手好戏，他唱虞姬，待霸王慷慨悲歌之后，便边唱二六，边舞双剑。

蝶衣但觉那群小师弟，挥剑进招虽熟练，总是欠了感情，一把剑也应带感情。

正驻足旁观，思潮未定，忽听一个小孩儿在叫："哎！耗子呀！"他的步子一下便乱了，更跟不上师父的口令点子。

师父走过去劈头劈脸打几下，大吼：

"练把子功，怎能不专心？一下岔了神，就会挂彩！"

师父本来浓黑的胡子，夹杂星星了。蝶衣记得他第一眼见到关师父，不敢看他门神似的脸，只见他连耳洞也是有毛的。

师父又骂："不是教了你们忌讳吗？见了耗子，别直叫。小四，你是大师哥，你说，要称什么？"

一个十三四岁的大孩子，正待回答。

小楼在门旁，朗朗地接了话碴儿："这是五大仙，小师弟们快听着啦：耗子叫灰八爷，刺猬叫白五爷，长虫就是蛇，叫柳七爷，黄鼠狼叫黄大爷，狐狸叫大仙爷。戏班里犯了忌讳，叫了本名，爷们要罚你！"

师父回过头来。

"小石头，是你。"

蝶衣在他身畔笑着，过去见师父。

"师父，我们看您来了。"

师父见手底下徒儿，长高了，长壮了，而自己仍操故旧，用着同一手法调教着。但他们，一代一代，都是这样地成材。他吩咐：

"你们，好生自己开打吧。"

"是呀，师父不是教训，别一味蛮打、狠打、硬打、乱打么？"蝶衣帮腔。小四听得呆了。

"哎，这是师父骂我的，怎的给你捡了去？"小楼道，"有捡钱的，没捡骂的。"

"这是我心有二用。"

关师父咳嗽一下，二人马上恭敬噤声。他的威仪永在。信手接过礼物和孝敬的红包。

"跑码头怎么啦？"

小楼忙禀告："我们用'段小楼'和'程蝶衣'的名儿，这名儿很好听，也带来好运道。"又补充："我们有空就学着签名儿。"

"会写了吧？"

"写得不好。"蝶衣讪讪道。

"成角儿了。"

"我们不忘师父调教。唱得好，都是打出来的。"

"戏得师父教，窍得自己开。"关师父问，"你俩唱得最好是哪一出？"

小楼很神气："是'霸王别姬'哪！"

"哦，那么卖力一点，千万不得欺场。"

重临故地，但见一般凶霸霸的师父，老了一点，他自己也许不察觉。蝶衣一直想着，十年前，娘于此画了十字。一个十字造就了他。

又多年南征北讨了，为宣传招徕，二人便到万盛影楼拍了些戏服和便装照片。

在彩绘的虚假布景前，高脚几儿上有一盆长春的花，软垂流苏的幔幕，假山假石假远景。

段小楼和程蝶衣都上了点粉，穿青绸薄纱，软缎子长袍马褂，翻起白袖里。少年裘马，屐履风流。

蝶衣瞅瞅他身畔的豪侠拍档，不忘为他整整衣襟。他手持一柄折扇，不免也带点架势。

蝶衣的一双兰花手，旧痕尽冉，羞人答答——不过是拍照吧，只要是一种"表演"，就投入角色，脱不了身。

蝶衣问拍照的："照片什么时候有？"

"快有，四五天就好。"

"记住给我们涂上颜色，涂得好一点。"

"是是是。"他躬送二人出门，非常热切，"二位老板，又要南下巡回好几个城儿了。"

"这回是戏园子张悬用的。"

拍照的更觉荣幸，哈着腰，谦恭喜气："二位老板放心——"

忽闻一阵汹涌的声浪，原来是口号。

刺耳的玻璃碎裂声，令两张傲慢的脸怔住。

"糟了！"影楼中那朵诌笑惊惶失色，"定是那东洋美人的照片捅出漏子了！"

他急忙出去。

二人刚享用着初来的虚荣，不明所以，也随行。

大街上，都是呐喊：

"打倒日本帝国主义！"

"中国猛醒！反对不抵抗政策！"

"抵制日货，不做亡国奴！"

"还我山河！还我东三省！"

群情激昂的学生们，已打碎了玻璃窗橱，把几帧东洋美人的照片揪出，撕个痛快，漫天撒下，正撒到两个翩翩公子身边来。

前面还有日货的商店，被愤怒的游行示威群众闯进去，砸毁焚烧。穿人字拖鞋的老板横着双手来挡，挡不住。

混乱中，一个学生认出二人来：

"咦，戏子！"

"眼瞅着当亡国奴了，还妖里妖气地照什么相？"

蝶衣望了小楼一眼，不知应对。

"现在什么时势了？歌舞升平，心中没家没国的。你是不是中国人？吓？"

小楼已招来一辆黄包车，赶紧护送蝶衣上去。

小楼催促车子往另一头走了。余气未消：

"乳臭未干，只晓得嚷嚷。日本兵就在城外头，打去呀！敢情欺负的还是中国人！"

读书人都看不起跑江湖的。跑江湖的，因着更大的自卑，也故意看不起读书人。什么家什么国？让你们只会啃书本的小子去报国吧，一斗芝麻添一颗，有你不多，无你不少，国家何尝放你在眼内？

脱离险境，蝶衣很放心：

"有你在，谁敢欺负我？该怎么报答？"

黄包车夫也吁了一口气似的，放缓了脚步。拉过琉璃厂。

蝶衣一见，忽省得：

"可惜呀，厂甸那家店子，改成了棺材作坊了，怎么打听也问不出那把宝剑的下落。"

"什么？"

小楼的心神一岔，为了路上走过一个风姿绰约的女人。好色慕少艾，回头多看一眼，没听清楚。

"哦，"他转身来打个哈哈，"儿时一句话，你怎么当真了！"

蝶衣一点玩笑的意思也没有。只留神追看，什么也见不着。他不肯定小楼是听不清楚抑或他不相信——而这是同一切过路的局外人无关的。但他有点不快。

黄包车把二人送到戏园子门外。

民国二十八年（一九三九年）的华灯，背后有极大仓皇但又不愿细思的华灯，敌人铁蹄近了，它兀自辉煌，在两个名儿："段小楼"、"程蝶衣"的字下，闪烁变幻着。

小楼一指：

"瞧，我们的大水牌！"

因学会自己名字，便上前细认。这"水牌"写上每天的剧目戏码，演员名单。小楼一找就找到个"小"字，其他二字，依稀辨出，便满心欢喜。"这是'我'的名字！"

蝶衣也找到了。

是晚的压轴大戏是"霸王别姬"。

因细意端详，刚才的不快，马上置诸脑后。

"哟，怎么把我的名字搁在前边啦？"掩饰着自己的暗喜。

小楼也没介意："你的戏叫座嘛，没关系。我在你后边挺好！"

蝶衣听了这话，有点反应——

他说："什么前边后边的，缺德！"

小楼被他轻责，真是莫名其妙了：

"我让你，还缺德呀？"

他总是照顾他的，有什么好计较？一块出科，一块苦练，现在熬出来，谁的名字排在谁的前边，在他心目中，并不重要，反正一生一旦，缺了谁也开不成一台戏。

蝶衣伸手打了他一下：

"我才没这个心呢！"

"我倒有这个心呀，"小楼豪迈地拍拍他瘦削纤纤的肩头，"你不叫我让，我才会生气。"

班主一见二人，赶忙迎上：

"两位老板，池座子汪洋汪海的，都伸着脖子等呐！"

又贴住蝶衣耳畔：

"袁四爷特地捧您的场来了，您说这面子大不大？快请！"

小楼早已踏着大步回后台去了。这人霸王演多了，不知不觉地以为自己是"力拔山兮气盖世"的项羽。

催场的满头是汗，在角儿身边团团转。

上好妆的虞姬，给霸王作最后勾画，成了过程中的一部分习惯。密锣紧鼓正催促着，一声接一声，一下接一下。扮演马僮的，早已伫候在上场门外，人微言轻，不响。

催场的向场上吩咐：

"码后点，码后点。"

回头又谄笑：

"段老板，这'急急风'敲了一刻钟了啦！"

"我先来一嗓子，知道我在就行了。"小楼好整以暇，对着门帘运足了气，长啸一声。

台下闻声，马上传来反应：

"好！好！"

掌声在等着他。

终于段小楼起来了。马僮自上场门一跳一翻，先上，戏于此方
才开始。

池座子人头涌涌。

穿梭着卖零嘴的、卖烟卷的、递送热毛巾的、提壶冲水的——
坐第一排的爷们，还带着自家的杯子和好茶叶。瓜子和蜜饯小碟都
搁在台沿，方便取食。

更体面的包了厢座。

上头坐了袁四爷。

袁四爷四十多，高鼻梁，一双长眼，炯炯有神，骨架很大，冷
峻起棱。衣饰丽都，穿暗花长衫马褂，闪着含敛的灼人的乌光。只
像半截黑塔。

随从二人立在身后。一个服务员给沏了好茶，白牡丹。他没工夫，
只被舞台上的人吸引着。

霸王末路了：

"力拔山兮气盖世，

时不利兮骓不逝；

骓不逝兮可奈何，

虞兮虞兮奈若何！"

程蝶衣的虞姬念白：

"大王慷慨悲歌，令人泪下。"

伸出兰花手，作拭泪、弹泪之姿，末了便是："待妾身曼舞一回，
聊以解忧如何？"

项羽答道："如此说来，有劳妃子——"

她强颜一笑，慢慢后退，再来时，斗篷已脱，一身鱼鳞甲，是圆场，边唱二六，边舞动双剑。

　　"劝君王饮酒听虞歌，

　　解君忧闷舞婆娑。

　　嬴秦无道把江山破，

　　英雄四路起干戈。

　　自古常言不欺我，

　　成败兴亡一刹那。

　　宽心饮酒宝帐坐！"

　　一个濒死的女人，尽情取悦一个濒死的男人。

　　大伙看得如痴如醉。

　　袁四爷以扇敲击，配合板子。

　　"唔，这小娘不错！"

　　随从见他食指大动，忙回报：

　　"是程老板的拿手好戏。"

　　袁四爷点点头，又若无其事地听着戏。他在包厢俯视舞台，整个舞台，所有角色，就处他掌心。"她"在涮剑，人在剑花中，剑花在他眼底。

　　直至戏散了。

月色清明
见碧落
猛抬头

又一场了。

戏人与观众的分合便是如此。高兴地凑在一块，惆怅地分手。演戏的，赢得掌声彩声，也赢得他华美的生活。看戏的，花一点钱，买来别人绚缦凄切的故事，赔上自己的感动，打发了一晚。大家都一样，天天地合，天天地分，到了曲终人散，只偶尔地，相互记起。其他辰光，因为事忙，谁也不把谁放在心上。

歪歪乱乱的木椅，星星点点的瓜子壳，间中还杂有一两条惨遭践踏、万劫不复的毛巾，不知擦过谁的脸，如今来擦地板的脸。

段小楼和程蝶衣都分别卸好妆。

乐师们调整琴瑟，发出单调和谐返璞归真的声音。蝶衣把手绢递给小楼。他匆匆擦擦汗，信手把手绢搁在桌上。随便一坐，聊着：

"今儿晚上是炸窝子般的彩声呀。"小楼很满意，架势又来了，"好像要跟咱斗斗嗓门大。"

蝶衣瞅他一笑，也满意了。

小楼念念不忘：

"我唱到紧要关头，有一个窍门，就是两只手交换撑在腰里，帮助提气——"

蝶衣问：

"撑什么地方？"

"腰里。"

蝶衣站他身后伸手来，轻轻按他的腰："这里？"

小楼浑然不觉他的接触和试探："不，低一点，是，这里，从这提气一唱，石破天惊，威武有力。"——然后，他又有点不自在。

说到"威武有力"，蝶衣忽记起：

"这几天，倒真有个威武有力的爷们夜夜捧场。"

"谁？"

"叫袁四爷。戏园子里的人说过。"

"怕不怀好意。留点神。"

"好。"稍顿，蝶衣又说道，"嗳，我们已经做了两百三十八场夫妻了。"

小楼没留意这话，只就他小茶壶喝茶。

"我喜欢茶里头搁点菊花，香得多。"

蝶衣锲而不舍：

"我问你，我们做了几场夫妻？"

"什么？"小楼胡涂了，"——两百多吧。"

蝶衣澄明地答：

"两百三十八！"

"哎，你算计得那么清楚？"不愿意深究。

"唱多了，心里头有数嘛。"

蝶衣低忖一下，又道：

"我够钱置行头了，有了行头，也不用租戏衣。"

"怎么你从小到大，老念着这些？"小楼取笑，"行头嘛，租的跟自己买的都一样，戏演完了，它又不陪你睡觉。"

"不，虞姬也好，贵妃也好，是我的就是我的！"

"好啦好啦，那你就乖乖地存钱，置了行头，买一个老大的铁箱子，把所有的戏服、头面，还有什么干红胭脂、黑锅胭脂……一古脑儿锁好，白天拿来当凳子，晚上拿来当枕头，加四个轱辘儿，出门又可以当车子。"

小楼一边说，一边把动作夸张地做出来，掩不住嘲弄别人的兴奋。蝶衣气得很：

"你就是七十二行不学，专学讨人嫌！"

想起自"小豆子"摇身变了"程蝶衣"，半点由不得自己做主：命运和伴儿。如果日子从头来过，他怎样挑拣？也许都是一样，因为除了古人的世界，他并没有接触过其他，是险恶的芳香？如果上学堂读了书，如果跟了一个制药师傅或是补鞋匠，如果……

蝶衣随手，不知是有意抑无意，取过他的小茶壶，就势也喝一口茶。

——突然他发觉这小茶壶，不是他平素饮场的那个。

"新的茶壶呀？"

"唔。"

"好精致！还描了菊花呢。"

小楼有点掩不住的风流："——人家送的。"

"——"蝶衣视线沿茶壶轻游至小楼。满腹疑团。

正当此时，噔噔噔噔噔跑来兴冲冲的小四。这小子，那天在关师父班上见过两位老板，非常倾慕，求爷爷告奶奶，央师父让他来当跑腿，见见世面，也好长点见识。他还没出科，关师父只许上戏时晚上来。

小四每每躲在门帘后，看得痴了。

他走告：

"程老板，爷们来了！"

只见戏园子经理、班主一干人等，簇拥着袁四爷来了后台。

袁四爷先一揖为礼。

"二位果然不负盛名呐。"

随手挥挥，随从端着盘子进来，经理先必恭必敬地掀去绸子盖面，是一盘莹光四射的水钻头面。看来只打算送给程蝶衣的。

"唐突得很，不成敬意。只算见面礼。"

蝶衣道：

"不敢当。"

袁四爷笑：

"下回必先打听好二位老板喜欢什么。"

小楼一边还礼，一边道：

"请坐请坐，人来了已是天大面子了。四爷还是会家子呢。"

袁四爷不是什么大帅将军。时代不同了，只是艺人古旧困囿狭窄的世界里头，他就是这类型的人物。小人书看多了,什么《隋唐传》《王宝钏》《三国志》,还有自己的首本戏《霸王别姬》……时代不同，角色一样。

有些爷们，倚仗了日本人的势力，倚仗了政府给的面子，也就等于是霸王了。台上的霸王靠的是四梁八柱、铿锵鼓乐、唱造念打，令角色栩栩如生。台下的霸王，方是有背景显实力。谁都不敢得罪。

袁四爷懂戏，也是票友。此刻毫不客气，威武而深沉，一显实力来呢：

"这'别姬'嘛，渊源已久。是从昆剧老本'千金记'里脱胎而来。很多名家都试过，就数程老板的唱造念打，还有一套剑，真叫人叹为观止。"

啊哈一笑，瞅着蝶衣：

"还让袁某疑为虞姬转世重生呢，哈！"

蝶衣给他一说，脸色不知何故，突泛潮红。叫袁四爷心中一动。

他也若无其事，转向段小楼：

"段老板的行腔响遏入云，金声玉振。若单论唱，可谓鳌头独占，可论功架作派嘛，袁某还是有点意见——"

袁四爷习惯了左右横扫一下，见各人像听演说那样，更加得意。大伙倒是顺着他，赔着笑脸。他嘴角一牵：

"试举一例，霸王回营亮相到与虞姬相见，按老规矩是七步，而你只走了五步。楚霸王盖世英雄，威而不重，重而不武，哪行？对不对？"

段小楼只笑着，敷衍：

"四爷您是梨园大拿，您的高见还有错儿么？"

蝶衣看出小楼心高气傲，赶忙打圆场，也笑：

"四爷日后得空再给我们走走戏？"

袁四爷一听，正合孤意：

"好！如不嫌弃，再请到舍下小酌，大家叙谈。就今儿晚上吧！"

"哎哟四爷，"小楼作个揖，"真是万分抱歉，不赶巧儿我有个约会，改天吧，改天一定登门讨教去。"

蝶衣失神地，一张笑脸僵住了。

小茶壶映入眼帘。

"不赶巧儿我有个约会"？他约了谁去？怎么自己不知道？从来没听他提过？

花满楼。

正是另一个舞台。

"彩凤、双喜、水仙、小梅、玉兰香……"男人在念唱着姑娘花名，一个一个，招展地步下楼梯，亮相。

窑子中一围客人在座，见了喜欢的姑娘，便招招手，她款摆过来就座。高跟鞋、长旗袍，旗袍不是绯红，便是嫩黄。上面绣的不是花，便是柳，晃荡无定。

简直是乱泼颜色，举座目迷。

段小楼一身乌紫衣赴约来了。他高声一唤：

"给哥哥透个实情，菊仙在哪间房呢？"

仆从和姑娘们招呼着：

"菊仙姑娘就来了，段老板请稍等，先请坐！"

老鸨出迎，直似望穿秋水殷勤状：

"唷！霸王来了呢！就等着您呀！"

小楼乐呼呼，出示那小茶壶，不可一世：

"专诚来道谢姑娘送我的礼物。"

"真的用来饮场？"老鸨笑，"别诳咱姑娘们。"

"嘿，小茶壶盛满了白干，真是越唱越来劲——"

正展示着架势，一人自房间里错开珠帘冲出来，撞向小楼满怀。

珠帘在激动着。

这也是个珠环翠绕的艳女，她穿缎地彩绣曲襟旗袍，簪了一朵菊花，垂丝前刘海显然纷乱。风貌楚楚却带一股子傲气。眼色目光一样，蒙上一层冷，几分仓皇。

"我不喝！"

她还没看清楚前面是谁，后面追来一个叼着镶翠玉烟嘴的恶客，流里流气：

"咦？跟着吃肉的喝汤儿，还要不依？"

老鸨一迭声赔不是，又怪道：

"菊仙，才不过喝一盅——"

"他要我就他嘴巴对嘴喝，"菊仙不愿委屈，"我不干！"

直到此时方抬头一瞥，见到段小楼。她忙道："小楼救我！"

见此局面，小楼倒信口开河：

"救你救你。"

旁边有帮腔的，一瞧：

"哦？唱戏的？"

恶客是赵德兴，人称赵七爷，当下便问：

"你是她什么人？"

小楼好整以暇，不变应万变：

"我是男人，她是女人。"

"哈哈哈！"赵七与帮腔的大笑，"大伙谁不是王八看绿豆，公猪找母猪？图段老板嗓门大不成？咱们谁也别扫谁的兴了。"

他啪的一声，把整袋银元搁在桌面上。小楼只眼角一瞅，赵七毫不示弱，盛气凌人：

"菊仙姑娘仗着盘儿尖，捧角儿来了？"

菊仙靠近小楼一步。小楼当下以护花姿态示众。对方一瞥，鄙夷地：

"捧角儿，由我来！我把花满楼的美人包了，全请去听段老板唱，哈哈！台上见，你可得卖点力，好叫咱听得开心！对吧菊仙姑娘？"

"菊仙——"小楼大言，"我包了！"

她闻言，一愕。

他来过几回，有些人，是一遇上，就知道往后的结局。但，那是外面的世界，常人的福分。她是姑娘儿，一个婊子，浪荡子在身畔打转，随随便便地感动了，到头来坑害了自己。"婊子无情"是为了自保。

菊仙凝望小楼。

只见他意气风发，面不改容。

她一字一顿地问：

"要定我了？"

小楼不假思索，是人前半戏语？抑或他有心？菊仙听得他答：

"你跟我就要呗！今儿咱就喝盅定亲酒吧！"

小楼拿过一盅，先大口喝了，然后递送予她，不，把杯子一转，让她就自己喝过的唾沫星子呷下去。一众见此局面，措手不及。

赵七怪笑连声：

"啊哈！逢场作戏，可别顺口溜。何况，半点朱唇万客尝，老子才刚尝——"

话未了，段小楼把赵七掀翻在酒桌杯盘上，扭打起来。他像英雄一般攒起拳头搏斗，舞台上的功架，体能的训练，正好用来打架。

来人有五个，都是在出事时尽一分力气的。拳来脚往。

一人觑个空儿，拎起酒壶，用力砸向他额头上，应声碎裂。大伙惊见小楼没事人一样，生生受了它。

这才是护花的英雄，头号武生。

菊仙在喧嚣吆喝的战阵旁边，倾慕地看着这打上一架的男人，在此刻，她暗下决心。连她自己也不相信，她绮艳流金的花国生涯，将有个什么结局？

第二天晚上，戏还是演下去。

蝶衣打好底彩，上红。一边调红胭脂，自镜中打量他身后另一厢位的小楼。

他正在开脸，稍触到伤瘀之处，咬牙忍一忍。就被他逮着了。

"听说，你在八大胡同打出名儿来了。"

二人背对着背，但自镜中重叠反映，仿如面对着面。

"嘿嘿，武松大闹狮子楼。"

小楼却并未刻意否认。

"——姑娘好看吗？"

"马马虎虎。"

蝶衣不动声色："一个好的也没？"

"有一个不错。有情有义。"

听的人，正在画眉毛，不慎，轻溅一下。忙用小指拭去。

"……怎么个有情有义法？"

小楼转身过来，喜孜孜等他回答："带你一道逛逛怎样？"

"我才不去这种地方！"蝶衣慢条斯理，却是五内如焚。

"怎么啦？"

他正色面对师哥了："我也不希望你去。这些窑姐儿，弄不好便惹上了脏病。而且我们唱戏的，嗓子就是本钱，万一中了彩，'蹋中'了，就完了。唱戏可是一辈子的事。"

这样说，小楼有点抹不开：

"这不都唱了半辈子么？"

师弟这般强调，真是冷硬，叫人下不了台。人不风流枉少年。

蝶衣不是这样想。一辈子是一辈子。差一年、一个月、一天、一个时辰，都不能算"一辈子"。

一阵空白，蝶衣忍不住再问：

"什么名儿？"

"菊仙。"

又一阵空白。垂下眼来，画好的眼睛如两片黑色的桃叶，微抖。

"哦。"

蝶衣回心一想，道：

"——敢情是姘头，还送你小茶壶。上面不是描了菊花吗？就为她？打上了一架？"

"不过闲话一句嘛，算得上什么？真是！"

这个男人，并不明白那个男人的断续试探。

那个男人，也禁不住自己的断续试探，不知伊于胡底。

上好妆，连脖子耳朵和手背都抹了白水彩。白水彩是蜂蜜调的，持久地苍白，直到地老天荒。

原来是为了掩饰苍白，却是徒劳了。

按常情，蝶衣惯于为小楼作最后勾脸。他硬是不干了。背了他，望着朦胧纱窗，嘴唇有点抖索。他不肯！

直到晚上。

"大王醒来，大王醒来！"

舞台上的虞姬，带着惊慌。

因她适才在营外闲步，忽听得塞内四面楚歌声，思潮起伏。

霸王欷歔：

"妃子啊，想你跟随孤家，转战数载，未尝分离，今看此情形，就是你我分别之日了！"

"砰！砰！"

戏园子某个黑暗角落响起两下枪声。

一个帮会中人模样的汉子倒在血泊中。观众慌乱起来。这是近日常有的事，本月来第三宗。

小楼一愕，马上往池座子一瞧。

他的目光，落在台下第一排右侧，一个俏丽的女子身上，蝶衣也瞥到她了。

嗑着瓜子听戏的菊仙有点苍白失措。但她没有其他人骨酥筋软那么窝囊。她一个女子，还是坐得好好的，不动。小楼给她作了一个"不要怕"的手势示意，她眼神中交错着复杂的情绪。本来犹有余悸，因他在，他着她不要怕，她的心安定下来了。

蝶衣在百忙中打量一下，一定是这个了，一定是她！

不正路的坐姿，眉目传情的对象，忽地泛了一丝笑意，佯嗔薄喜，不要脸，这样地勾引男人，渴求保护。还嗑了一地瓜子壳儿。

小楼在众目睽睽下跟她暗打招呼？她陶醉于戏与戏外武生的目光中？她的喜悦，泛升上来，包容了整个自己，旁若无人。

蝶衣在台上，心如明镜。总得唱完这场戏。为着不可洒汤漏水，丢板荒调，抖擞着，五内翻腾，表情硬是只剩一个，还得委婉动情地劝慰着末路霸王。

"啊大王，好在垓下之地，高岗绝岩，不易攻入，候得机会，再突围求救也还不迟呀！"

警察及时赶至。四下暗涌。他们悄无声响地把死人抬出去。

一切都定了。

大王一句：

"酒来——"

虞姬强颜为欢：

"大王请。"

二人在吹打中，同饮了一杯。

四面楚歌，却如挥之不去的心头一块阴影。

菊仙也定下来，下了决心。她本来要的只是一个护花的英雄，妾本丝萝，愿托乔木，她未来的天地变样，此际心境平静，她是全场最平静的一个人——不，她的平静，与舞台上蝶衣的平静，几乎是相媲美的。

妒火并没把他烧死。

幕下了。

他还抽空坐在写信摊子的对面。这老头，穿灰士林大褂，态度安详温谦，参透人情，为关山阻隔的人们铺路相通。

他不认识他，故蝶衣全盘信赖，慢慢地近乎低吟：

"娘，我在这儿很好，您不用惦念。我的师哥小楼，对我处处照顾，我们日夜一齐练功喊嗓，又同台演戏，已有十多年，感情很深……"

他自腰间袋里掏出一个月白色的荷包，取出钞票。里头原已夹着一帧与小楼的合照，上面给涂上四五种颜色。都一古脑儿递给对面的老头。他刚把这句写完，蝶衣继续：

"这里有点钱，您自己买点好吃的吧。"

信写完了，他很坚持地说："我自己签名！"

取过老头的那管毛笔，在上面认真地签了"程蝶衣"，一想，又再写了"小豆子"。就在他一个长得这么大个的男子身后，围上几个刚放学的小孩，十分好奇，在看他签名。有个女孩还朗朗地念：

"娘，我在这儿很好，您不用——惦念……我的师哥——"

她看不到下句，把脖子翘得老长的："——小楼，对我——"

蝶衣一下子腼腆起来："看什么？"小孩见他生气，又顽皮地学他的女儿态了："看什么？看什么？"一哄而散。

老头折好信笺，放进信封，取些饭粒捺在封口，问："信寄到什么地址呀？"

蝶衣不语，取过信，一个人踽踽上路。走至一半，把信悄悄给撕掉，扔弃。又回到后台上妆去。

花满楼的老鸨一脸纳罕。她四十多，描眉搽粉，发髻理得光溜，吃四方饭，当然横草不拿竖草不掭，只叼着一根扫帚苗子似的牙签儿剔牙。

厚红的嘴唇半歪。

她交加双手，眼角瞅着对面的菊仙姑娘。

云石桌上铺了一块湘绣圆台布，已堆放一堆银圆、首饰、钞票……

老鸨意犹未尽。

菊仙把满头珠翠，一个一个地摘下，一个一个地添在那赎身的财物上。

还是不够？她的表情告诉她。

菊仙这回倒似下了死心，她淡淡一笑，一狠，就连脚上那绣花鞋也脱掉了，鞋面绣了凤回头，她却头也不回，鞋给端放桌面上。

老鸨动容了。不可置信。原来打算劝她一劝："戏子无义……"

菊仙灵巧地，抢先一笑：

"谢谢干娘栽培我这些年日了。"

她一揖拜别。不管外头是狼是虎。

旋身走了。

老鸨见到她是几乎光着脚空着手，自己给自己赎的身。

白线袜子踩在泥尘上。

风姿秀逸袅娜多姿，她繁荣醉梦的前半生，孤注一掷豁出去。老鸨失去一棵栽植多年的摇钱树，她最后的卖身的钱都归她了。老鸨气得说不出话来。

菊仙竟为了小楼"卸妆"。

自古道
兵胜负
乃是常情

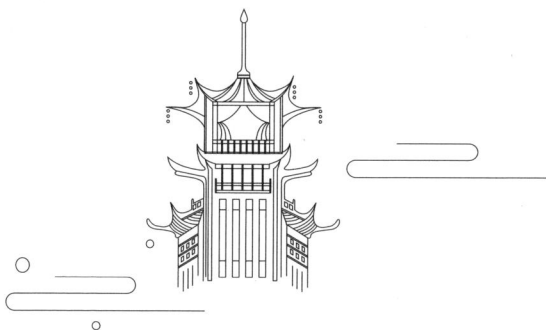

蝶衣在后台，他也是另一个准备为小楼卸妆的女人吧。虞姬的如意冠、水钻鬓花、缎花、珠钗……一一拔将下来。

小楼更衣后，过来，豪爽地拍拍他的肩膀："怎么？还为我打架的事儿生气？"

"我都忘了。"

小楼还想说句什么，无意地，忽瞥见一个倩影，当下兴奋莫名："哎，她来了！"

一回身。"你怎么来了？"

他一把拉着女人：

"来来来，菊仙，这是我师弟，程蝶衣。"

蝶衣抬头，一见。忙招呼：

"菊仙小姐。"

小楼掩不住得意，又笑：

"——啊？别见外了，哈哈哈！"

蝶衣不语。菊仙带笑：

"小楼常在我跟前念叨您的。听都听成熟人了。"

蝶衣还是执意陌生，不肯认她，带着笑，声声"小姐"：

"菊仙小姐请坐会，我得忙点事。"

只见那菊仙已很熟络大方地挽住小楼臂弯。小楼坐不住：

"不坐了。我们吃夜宵去。"

蝶衣一急：

"别走哇——"

转念，忙道：

"不是约了四爷今儿晚给咱走走戏的？"

小楼忘形：

"我今儿晚可真的要'别姬'了！"

还是当姑娘儿的菊仙得体：

"小楼，你有事吗？"

"嘿嘿！美人来了，英雄还有事么？"小楼正要亲热地一块离去，"走！"

菊仙忽地神色凝重起来：

"我有事。"

直到此时，心窍着迷的段小楼，方才有机会端详这位怀着心事相找，不动声色的女人，方才发觉她光着脚来投奔。

"你，这是怎么回事？"

她低头一望，白线袜子蒙了尘。似是另一双鞋。菊仙温柔，但坚定，她小声道：

"我给自己赎的身！"

小楼极其惊讶，目瞪口呆，只愣愣地站着。她把他拉过一旁说话去：

"花满楼不留喝过定亲酒的人。"

他一愕，拧着眉头凝着眼看她，感动得傻了。像个刮打嘴兔儿爷，泥塑的，要人扯动，才会开口。

"是——"

菊仙不语，瞅着他，等他发话。她押得重，却又不相信自己输。

泪花乱转。

不远处，人人都忙碌着。最若无其事地竖起耳朵的，只有程蝶衣一个，借未抹的油彩蒙了脸。他用小牙刷，蘸上牙粉，把用完的头面细细刷一遍，保持光亮，再用绵纸包好。眼角瞥过去，隔了纱窗，忽见小楼面色一凝，大事不好了。

"好！说话算数！"

——他决定了？

班里的人都在轰然叫好。传来了：

"好！有情有义！"

"段老板，大喜了！"

"这一出赛过'玉堂春'了！"

"唉哟，段老板，"连班主也哄过来，"真绝，得一红尘知己，此生无憾。什么时刻洞房花烛夜呀？"

小楼又乐又急，搓着双手：

"你看这——终身的事儿，戒指还未买呢——"

菊仙一听，悬着的心事放宽了。小楼大丈夫一肩担当，忽瞅着她的脚：

"先买双喜鞋！走！"

"扑"的一下，忽见一双绣鞋给扔在菊仙脚下。

蝶衣不知何时，自他座上过来，飘然排众而出：

"菊仙小姐，我送你一双鞋吧。"

又问：

"你在哪儿学的这出'玉堂春'呀？"

"我？"菊仙应付着，"我哪儿敢学唱戏呀？"

"不会唱戏，就别洒狗血了！"

眼角一飞，无限怨毒都敛藏。他是角儿，不要失身份，跟婊子计较。

转身又飘然而去。

只有小楼，一窍不通。

他还跑到他的座前，镜子旁。两个人的中间，左右都是自己的"人"。

"师弟，我大喜了！来，让我先挑个头面给你'嫂子'！"

掂量一阵，选了个水钻蝶钗。

熟不拘礼。蝶衣一脸红白，不见真情。

小楼乐得眉花眼笑，殷勤叮嘱：

"早点来我家，记住了！证婚人是你！"

然后又自顾自地说："买酒去，要好酒！"

菊仙只踌躇满志，看她男人如何实践诺言。蝶衣目送二人神仙眷属般走远。

他迷茫跌坐。

泄愤地，竭尽所能抹去油彩，好像要把一张脸生生揉烂才甘心。

清秀的素脸在镜前倦视，心如死灰，女萝无托。

突然，一副翎子也在镜中抖动，颤颤地对峙。它根部是七色生丝组缨，镶孔雀翎花装饰。良久未曾抖定。

袁四爷的脸！

他稳重威仪，睨着翎子，并没正视蝶衣：

"这翎子难得呀！不是钱的问题，是这雉鸡呢，它倾全力也护不住自家的尾巴了，趁它还没死去，活活地把尾巴拔下来，这才够软，够伶俐，不会硬化。"

然后他对蝶衣道：

"难得一副好翎子。程老板，我静候大驾了。"语含威胁。

他就回去了。

随从们没有走，伫候着。

蝶衣惶惑琢磨话中意。思潮起伏不定。

随从们没有走。

这是一个讲究"势力"的社会。"怎奈他十面敌难以取胜，且忍耐守阵地等候救兵。"像一段"西皮原板"，"无奈何饮琼浆消愁解闷，自古道兵胜负乃是常情。"

想起他自己得到的，得不到的。

蝶衣取过一件披风，随着去了。在后台，见大衣箱案子下有一两个十一二岁的小龙套在睡觉；一盏暗电灯，十四五岁的小龙套在拈针线绣戏衣上的花。这些都是熬着等出头的戏班小子。啊，师哥、师弟，同游共息……蝶衣咬牙，近乎自虐地要同自己作对：豁出去给你看！

他的披风一覆，仿如幕下，如覆在小龙套身上。如覆在自己身上。如覆在过去的岁月上。决绝地，往前走，人待飞出去。

豁出去给你看！

袁四爷先迎入大厅。

宅内十分豪华，都是字画条幅。红木桌椅，紫檀五斗橱，云石香案。

四爷已换过便服，长袍马褂。这不是戏，也没有舞台。都是现实中，落实的人，一见蝶衣来了，一手拉着，另一手覆盖上面，手叠手，把怯生生的程老板引领内进。

各式各样的古玩，叫人眼界一开。

袁四爷兴致大好，指着一座鼎，便介绍："看，这是苏帮玉雕三脚鼎，是珍品。多有力！"

借喻之后，又指着一幅画像，一看，竟是观音。

"这观音像，集男女之精气于一身，超尘脱俗，飘飘欲仙！"

蝶衣只得问：

"四爷拜观音么？"

"尚在欲海浮沉，"他笑，"只待观音超渡吧。"

又延入：

"来，到我卧室少坐，咱聊聊。"

四爷的房间，亮堂堂宽敞敞。

一只景泰蓝大时钟，安坐玻璃罩子内，连时间，也在困囿中，滴答地走，走得不安。

床如海，一望无际。枣色的缎被子。有种惶惑藏在里头，不知什么时候蹿出来。时钟只在一壁闷哼。

卧室中有张酸枝云石桌，已有仆从端了涮锅，炭火屑星星点点。一下子，房中的光影变得不寻常，魁丽而昏黄。

漫天暖意，驱不走蝶衣的荒凉。

袁四爷继续说他的观音像：

"尘世中酒色财气诱惑人心，还是不要成仙的好——上了天，就听不到程老板唱戏。"

四爷上唇原剪短修齐的八字须，因为满意了，那八字缓缓簇拥，合拢成个粗黑威武的"一"字，当他笑时，那一字便活动着，像是划过来，划过去。

蝶衣好歹坐下了。

四爷殷勤斟酒：

"人有人品，戏有戏德。说来，我不能恭维段小楼。来，请。这瓶光绪年酿制的陈酒，是贡品，等闲人喝不上。"

先尽一杯，瞅着蝶衣喝。又再斟酒。蝶衣等他说下去，说到小楼——

他只慢条斯理：

"霸王与虞姬，举手投足，<u>丝丝入扣</u>，方能人戏相融。有道'演员不动心，观众不动情'。像段小楼，心有旁骛，你俩的戏嘛，倒像姬别霸王，不像霸王别姬呐！"

蝶衣心中有事，只赔笑：

"小楼真该一块来。四爷给他提提。受人一字便为师。"

"哈哈哈！那我就把心里的话都给你掏出来也罢。"

他吩咐一声：

"带上来！"

仆从去了。

蝶衣有点着慌，不知是什么？眼睛因酒烈，懵懂起来。

突闻拍翼的声音，蓦见一只蝙蝠，在眼前张牙舞爪。细微的牙，竟然也是白森森的。那翼张开来，怕不成为一把巨伞？

他不敢妄动。恐怖地与蝙蝠面面相觑。

四爷道："好！这是在南边小镇捕得，日夜兼程送来。"

见蝶衣吃惊，乘势搂搂他肩膀，爱怜有加："吓着了？"

说着，眼神一变。仆从紧捉住蝙蝠，他取过小刀，"刷"一下划过它的脖子。蝙蝠发狂挣扎，口子更张。血，汩汩滴入锅中汤内，汤及时沸腾，嫣红化开了。一滴两滴……直至血尽。

沸汤千波万浪，袁四爷只觉自己的热血也一股一股往上涌。眼睛忽地放了光。蝙蝠奄奄一息。

蝶衣头皮收缩，嘴唇紧闭，他看着那垂死的禽兽，那就是虞姬。虞姬死于刎颈。

四爷像在逗弄一头小动物似的，先涮羊肉吃，半生。也舀了一碗汤，端到蝶衣嘴边：

"喝，这汤'补血'！"

他待要喂他。

蝶衣脸色煞白，白到头发根。好似整个身体也白起来，严重地失血。

他站起来，惊恐欲逃。倒退至墙角，已无去路，这令他的脸，更是楚楚动人……

"喝！哈哈哈！"

蝶衣因酒意，脚步更不稳。这场争战中，他让一把悬着的宝剑惊扰了——或是他惊扰了它？

被逼喝下，呛住了，同时，也愣住了。

他抹抹洒下的血汤，蓦然回首，见到它。

半醉昏晕中，他的旧梦回来了。

"这剑——在你手上？"

"见过么？"四爷面有得色，"话说十年了吧，当年从厂甸一家铺子取得，不过一百块。你也见过？咱可是有缘呀。"

蝶衣马上取下来。

是它！

他"哗"地一下，抽出剑身。

"喜欢？宝剑酬知己。程老板愿作我知己么？"

知己？知己？

蝶衣已像坍了架，丢了魂。他持剑的手抖起来。火一般的热，化作冰一般的冷。酒脸酡红，心如死灰。谁是他知己？只愿就此倒下，人事不省。借着醉。薰红了脸。

有戏不算戏，无戏才是戏。

"不若咱也来一段吧？"袁四爷道，"来，乘兴再做一篇妆色的学问！"

他是会家子，他懂，他上了妆，不也是一代霸王么？蝶衣由得四爷如抚美玉般，细细为他揉抹胭脂。

四爷也借了醉，先唱：

"田园将芜胡不归，

千里从军为了谁？"

蝶衣醉悠悠地，与他相搀相扶，开始投入了戏中，听得四爷又念：

"妃子啊，四面俱是楚国歌声，莫非刘邦他已得楚地不成？孤大势去矣！"

蝶衣淌下清泪，一壁唱，一壁造：

"汉兵已略地，

四面楚歌声。

君王意气尽，

贱妾何聊生……"

一伸手，把剑抢过来。

他迷惘了，耍了个剑花，直如戏中人。那痴心女——

四爷猛地伸手一夺。厉声阻止：

"这可是一把真家伙！"

仗剑在手，胜券在握。他逃不过了。

"不信？"

四爷一剑把蝶衣的前襟削破。蝶衣只觉天地变样，金星乱冒。迸出急泪。四爷狂喜：

"哎——哈哈哈！"

再虚晃一招，剑扔掉。

趁蝶衣瘫软，他仆上去，把他双手抓住，高举控倒在几案上，脸凑近，直贴着他的脸厮磨，揉碎酡红桃花。酒气把他喷醉。

两张如假戏如现实的，色彩斑斓的脸贴近搓揉。

蝶衣瑟瑟抖动。

四爷怎会放他走？

灯火通明，血肉在锅中沸腾的房间。他要他！

这夜。蝶衣只觉身在紫色、枣色、红色的狰狞天地中，一只黑如地府的蝙蝠，拍着翼，向他袭击。扑过来，他跑不了。他仆倒，它盖上去，血红着两眼，用刺刀，用利剑，用手和用牙齿，原始的搏斗。它要把他撕成碎片方才甘心。他一身是血，无尽的惊恐，连呼吸也没有气力……

那囚在玻璃罩子中的时钟，陪同他呻吟着。

迟迟钟鼓初长夜，

耿耿星河欲曙天。

辰星在眨着倦眼。蝶衣孤寂地坐在黄包车上。他双臂紧抱那把宝剑。因羞赧，披风把自己严严包裹，盖住那带剑痕的衣襟，掩住裂帛的狂声。

也只有这把宝剑，才是属于自己的。其他什么也没了。他在去的时候，毋须假装，已经明白，但他去了。今儿个晚上，自一个男人手中蹒跚地回来，不是逃回来，是豁出去。他坚决无悔地，报复了另一个男人的变心。

街上行人很少。

特别空寂，半明半昧。

——是山雨欲来么？

忽闻铁蹄自远而近，得得得，得得得。如同打开一个密封的瓶子，声音一下子急涌而出。来了。

一队骑兵。

黄包车远远见着，知机地一怔。差点叫撞上了，是一队日军。太阳旗在大太阳还没出来时，已耀武扬威，人强马壮。

黄包车夫如惊弓之鸟，打了几个转，吓得觅地逃生，一拐，拐到胡同去。

窄小的胡同，是绝路。三面均是高墙。车子急急煞住，手足无措，忧心忡忡。

蝶衣神魂未定——日本鬼子终于来了，他们说来就来了！

思想如被深沉的天色吞噬去。没想过会发生的事——发生了。一夜之间，他再不晓得笑了。

胡同尽处，却有个孩子在笑。他十岁上下，抱着一个带血的娃娃，头发还是湿的，肚子上绑了块破布。他认得他，也认得那孩子，木然地瞪着他——那是小豆子，他自己！

只觉小豆子童稚的嘴角泛起一丝冷笑。阴寒如鬼魅，他瞧不起程蝶衣。前尘旧梦。二者都是被遗弃的人。

蝶衣震惊了。

一定在那年，他已被娘一刀剁死。如今长大的只是一只鬼。他是一只老了的小鬼。或者，其实他只不过是那血娃娃。性别错乱了。

他找不回自己。

回首，望向胡同口，隔着黄包车的帘子，隔着一个避难的车夫，他见到满城都是日本的士兵！

个人爱恨还来不及整理，国家危情已逼近眉睫。做人太难了。

还得收拾心情去做人。

蝶衣抱着剑走进来，名旦有名旦的气派，坐有坐相，站有站相。最凄厉也不容有失。缓缓走进来。

但见杯盘狼藉，刚才那桌面，定曾摆个满满当当，正是酒阑人未散。

班里的人在划拳行令，有的醉倒，有的尚精神奕奕，不肯走。一塌胡涂。哪有人闹新房闹成这样？蝶衣一皱眉。

小楼一见，马上上前，新郎倌怨道：

"你怎么现在才来？"

"师弟，快请坐！"

他见到菊仙。

在临时布置的彩灯红烛下，喜气掩映中，她特别地魅艳，她穿了一袭他此生都穿不了的红衣，盛装，鬓上插了新娘子专利的红花。像朵红萼牡丹。她并肩挨膀地上来，与小楼同一鼻孔出气——他们两个串通好，摒弃他！

锣鼓唢呐也许响过了，戏班子里多的是喜乐，多的是起哄的人，都来贺他俩，宾主尽欢。她还在笑：

"小楼昨儿晚上叫人寻了你一夜，非要等你来，婚礼延了又延。"

她也知道他重要么？

"今儿得给你补上一席，敬上三杯了。"

小楼又道：

"你说该罚不该罚？师哥大喜的日子也迟到。"

菊仙忙张罗：

"酒来——"

蝶衣不理她，转面，把怀中宝剑递与小楼。

"师哥，就是它！没错！"

小楼和菊仙愕然。

小楼接剑，抽开，精光四射，左右正反端详：

"呀！让你给找到了！太好了！"

大伙也围上来看宝贝。

小楼嚷嚷：

"菊仙，快看，是我儿时作的一个梦！"

菊仙依他，代为欢喜。

蝶衣咬牙切齿一笑：

"师哥，你得好好看待它！"

说毕，不问情由，旁若无人，走到段家供奉的祖师爷神像牌位前，虔诚肃穆地，上了一炷香。

他闭目、俯首。一点香火，数盏红灯，映照他邪异莫名的举止。

小楼不虞有他，很高兴：

"好，就当是咱结婚的大礼吧。礼大，我不言谢了。"

蝶衣回过头来，是一张淡然的脸：

"你结婚了，往后我也得唱唱独脚戏了。"

小楼一时不明所以，这又有什么关系呢？

只有玲挑剔透、见尽世情的姑娘儿，开始有点明白了。菊仙心里边暗暗地拨拉开算盘珠儿，算计一下各人关系。嘴里不便多言。小楼笑着递上一盅。

蝶衣取过酒，仰面干了。这是今儿第二次醉，醉了当然更好。

忽闻屋子外头有人声吆喝。

听不懂。

是日本话：

"挂旗！挂旗！大日本大东亚共荣！"

马上有人代作翻译，也是吆喝：

"挂旗！挂旗！大日本大东亚共荣！"

门外来了一个人。是蝶衣那贴身的侍儿小四，他仓皇地跌撞而至。

小四惊魂未定：

"满城——日本兵，正通知——各门各户，挂太阳旗呢！"

一众目瞪口呆。

胡同里，未睡的人，惊醒的人，都探首外望。有人握拳透爪，有人默默地，拎出入侵者的旗帜。孩子哭起来，突然变作闷声，一

95

定是有双父母慈爱的大手，给捂住，不想招惹是非。

无端地如急景凋年，日子必得过下去。

一家一家一家，不情不愿，悄无声息，挂上太阳旗。

只有蝶衣，无限孤清。外面发生什么事，都抵不过他的"失"。

后来他想通了。

多少个黑夜，在后台。一片静穆，没有家的小子，才睡在台毯下衣箱侧。没成名的龙套，才膜拜这虚幻的美景。他俯视着酣睡了的人生。乱世浮生，如梦。他才二十岁，青春的丰盛的生命，他一定可以更红的。即使那么孤独，但坚定。他昂然地踏进另一境地。

睥睨梨园。

有满堂喝彩声相伴，说到底，又怎会寂寞呢？

那夜之后，他更红了，戏本来就唱得好，加上有人捧，上座要多热闹有多热闹。抗战的人去抗战，听戏的人自听戏，娱乐事业畸形发展。找个借口沉迷下去，不愿自拔——谁愿面对血肉模糊的人生？

"程老板，"班主来谄媚，"下一台换新戏码，我预备替您挂大红金字招牌，围了电灯泡，悬一张戏装大照片，您看用哪张好？"

蝶衣一看，有"拾玉镯"、"宇宙锋"、"洛神"、"贵妃醉酒"……他换了戏码，对，独脚戏，全以旦角为主。

"就这吧。"他随手指指一张。

"是是。还有您程老板的名字放到最大，是头牌！"

花围翠绕，美不胜收。

小楼呢？蝶衣刻意地不在乎，因为事实上他在乎。

袁四爷又差人送来更讲究的首饰匣子了，头面有点翠、双光水钻石、银钗、凤托子、珍珠耳坠子、绚缦炫人的顶花。四季花朵，分别以缎、绫、绢、丝绒精心扎结。花花世界。他给他置戏箱，行头更添无数。还将金条熔化，做成金丝线绣入戏衣，裙袄上缀满电光片。蝶衣嗔道：

"好重，怕有五六斤。"

班主爱带笑恭维着他的行头：

"嗐，瞧这头面，原来是猫眼玉！好厉害！"

背地呢，自有人小声议论：

"又一个'像姑'……"

……

但，谁敢瞧不起？

首天夜场上"拾玉镯"。蝶衣演风情万种的孙玉姣。见玉镯，心潮起伏，四方窥探，趑趄着：拾？还是不拾？诈作丢了手绢，手绢覆在玉镯上，然后急急团起，暗中取出，爱不释手。

男伶担演旦角，媚气反是女子所不及。或许女子平素媚意十足，却上不了台，这说不出来的劲儿，乾旦毫无顾忌，融入角色，人戏分不清了。就像程老板蝶衣，只有男人才明白男人吃哪一套。

暗暗拾了玉镯，试着套进腕里，顾盼端详，好生爱恋。一见玉镯主人，那小生傅朋趋至，心慌意乱，当下脱了镯子，装作退还状。

他不是小楼。

他只是同台一个扇子小生——是蝶衣的陪衬。台上的玉姣把镯子推来让去：

"你拿去，我不要！"

往上方递，往下方递：

"你拿去，我不要！"

硬是还不完。是，你拿去吧，他算什么？我不要！一声比一声娇娆，无限娇娆。谁知他心事？

过两天上的"贵妃醉酒"，仍是旦角的戏，没小楼的份儿。

蝶衣存心的。他观鱼、嗅花、衔杯、醉酒……一记车身卧鱼，满堂掌声。

他好一似嫦娥下九重。

连水面的金鲤，天边的雁儿，都来朝拜。只有在那一刻，他是高贵的、独立的。他忘记了小楼。艳光四射。

谁知台上失宠的杨贵妃，却忘不了久久不来的圣驾。以为他来了？原来不过裴力士诓驾。他沉醉在自欺的绮梦中：

"呀——呀——啐！"

开腔四平调：

"这才是酒不醉人人自醉——"

忽然一把传单，写着"抗日、救国、爱我中华"的，如雪花般，在台前某一角落，向观众撒过去。场面有点乱。有人捡拾，有人不理，只投入听戏。蝶衣的水袖一拂，传单扬起。

但一下子，停电了。

又停电了。

每当日本人要截查国民党或共产党的地下电台广播，便分区停电。头一遭，蝶衣也有点失措，但久而久之，他已不管外头发生什么事了。

心中有戏，目中无人。

他不肯欺场，非要把未唱完的，如常地唱完。在黑暗中，影影绰绰的娘娘拉着腔：

"色不迷人——人自迷。"

"好！好！"

大家都满意了。

回到后台，还是同一个班子上，他无处可逃躲。

宪兵队因那撒传单的事故，要搜查抗日分子。戏园子被逼停演。

又说不定哪个晚上可以演，得再等。

菊仙倒像没事人。跟了小楼，从此心无旁骛。只洗净铅华，干些良家妇女才干的事儿。蝶衣仍旧细意洗刷打点他心爱的头面，自眼角瞥去，见菊仙把毛线绕在小楼双手，小楼耗着按掌，像起霸，怡然自得。

夫妻二人正说着体己笑话呢。

"赶紧织好毛衣，让你穿上，热热血，对我好点。"

"你还嫌我血不热？"

"血热的人，容易生男孩。"

"笑话！冲我？吃冰碴子也生男的！"

小楼一抖肩，毛线球滚落地上，滚到蝶衣脚下。无意地缠了他的脚。他暗暗使劲，把它解开踢掉。一下子，就是这样地纠缠，却又分明不相干了。

"菊仙小姐，"蝶衣含笑对菊仙道，"你给师哥打毛衣，打好了他也不穿。这真是石头上种葱，白费劲。"

小楼嚷嚷：

"怎么不穿？我都穿了睡的。"

"睡了还穿什么？"菊仙啐道。

小楼扯毛线，把菊仙扯回来拉着手，在她耳畔不知说了句什么话。

菊仙骂：

"二十一天不出鸡——坏蛋！"

小楼只涎着脸：

"咦？你不就是要我使坏？"

听得那么懒散、荒唐的对答，蝶衣不高兴了。难怪他退步了。他把边凤刷了又刷，心一气，狠了，指头被它指爪刺得出血。

菊仙还打了他一记。

蝶衣忍无可忍，仍带着微笑：

"停演也三天了，就放着正经事儿不管，功夫都丢生啦。"

小楼道：

"才几张传单纸！到处都撒传单纸。宪兵队那帮，倒乘机找碴儿。"

想想又气：

"妈的！停演就停演，不唱了！"

蝶衣忙道：

"不唱？谁来养活咱？"

小楼大气地，非常豪迈：

"别担心！大不了搬抬干活，有我一口饭，就有你吃的！"

蝶衣蓦地为了此话很感动。

"一家人一样。"

瞅着蝶衣满意地一笑，菊仙也亲热地过来，先自分清楚：

"小楼你看你这话！蝶衣他自己也会有'家'嘛！"

这人怎的来得不识好歹不是时候？蝶衣脸色一沉。她犹兀自热心地道：

"我有个好妹妹，长得水灵不说，里外操持也是把好手。"菊仙冲蝶衣一笑，"我和小楼给你说说去——"

蝶衣听不下去。他起来，待要走了：

"这天也白过了。还是回去早点歇着吧。"

才走没几步，地上那毛线球硬是再缠上了，绕了两下没绕开，乘人不觉，索性踢断了。

"说是乱世，市面乱，人心乱，连这后台也乱得没样子了。"

他转过脸来，气定神闲，摇头嗔道：

忽闻得外面有喧闹声。

班上有些个跑腿来了，小四也央蝶衣：

"程老板慢走，经理请您多耽搁一下。"

"外头什么事？那么吵？"

"是个女学生——"

听得戏园子门外有女子在吵闹啼哭：

"我不是他戏迷，我是他许嫁妻子。妻子来找丈夫，有何不可？"

还有掌掴声。

"什么事？"蝶衣疑惑地问。

然后是警察的喝止，然后人杂沓去远了。

经理来，先哈腰道歉，才解释：

"来了个姓方的女学生，说为您'一笑万古春，一啼万古愁'程老板恋爱痴迷。死活要见一面。她来过好多趟了，都给回绝。这趟非要闯进来，还打了看门的一记耳光，狠着呢。"

蝶衣只无奈一笑。

这样的戏迷多着呢，最勇敢的要数她。不过，被拘送警察署，多半由双亲赎回，免她痴迷伤痛，乱作誓盟，不正当，总是把她速嫁他方，好收拾心情。

崇拜他倾慕他的人，都是错爱。他是谁？——男人把他当作女人，女人把他当作男人。他是谁？

房间里布置得细致而慵懒。清人精绘彩墨摹本，画的是同治、光绪以来十三位名噪一时的伶人画像，唤作"同光十三绝"。生是男人，旦也是男人，人过去了，戏传下来。他们一众牵牵嘴角，向瘫坐贵妃椅上的蝶衣，虎视眈眈——儿时科班居高临下也是他们。

隔了双面蝶绣，只见蝶衣四肢伸张，姿态维持良久未变。

他头发养长了些，直，全拢向后，柔顺垂落，因头往椅子背靠后仰，益显无力承担。

似醉非关酒，闻香不是花。

是大烟的芳菲。抽过两筒，镶了银嘴的烟枪率先躺好睡去。烟霞犹在缥缈，薰香不散。像炼着的丹药，叫人长寿、多福。但生亦何欢？

蝶衣眯睐了双眼，他心里头的扰攘暂时结束了。他的性别含糊了。

房中四壁，挂上四大美人的镜屏，可当镜子用，但照了又照，只见美人抢了视线。似个浮泛欲出的前朝丽影。除了她们，还有大大小小的相框，嵌好一帧帧戏装照片、便装照片，少不了科班时代，那少年合照——长条型，一个一个秃着头，骷髅一样。

墙上的照片都钉死了。封得严严，谁也别想逃出生天。

包括在万盛影楼，段小楼和程蝶衣那屐履也风流的合照。

一刹那的留影，伴着他。

除此，还有一头猫。

他养了一头猫。黑毛，绿眼睛。蝶衣抽大烟时，它也迷迷糊糊。待他喷它一口，两口，猫嗅到鸦片的香味，方眨眨眼，抖擞起来。

人和猫都携手上了瘾。

蝶衣以他羞人答答，柔若无骨的手，那从没做过粗重功夫，没种过地，没扛过枪，没拨过算盘珠子，没搓过药丸，没打过架的，洁白细腻，经过一刀"阉割"的手，爱抚着猫——像爱抚着人一样。

小四长得益发俊俏。跟了他几年了，又伶俐又听话。因为这依稀的眉目，蝶衣在他身上，找到自己失去的岁月。

小四捧着两件新造好的戏衣进来，道：

"程老板，今儿个早上您出去时间长了点，来福就眯着眼睛没神没气的，现在等您喷它两口烟，才又欢腾过来呢。"

蝶衣爱怜地：

"敢情是，你看它也真是神仙一样。"

小四倾慕地讨好主子：

"您也是洛水神仙呀！"

蝶衣叹喟一声：

"小四，只有你才日夜哄我。"

稍顿，又道：

"不枉我疼你一场。"

小四听了，骨头也酥了。特别忠心。把戏衣仔细搁下，好让蝶衣有工夫时试穿。忽省得一事：

"刚才朱先生来探问，晚上的戏码是否跟段老板再搭档？好多戏迷都写信来，或请托人打听，都央请您俩合演。宪兵队的也来。"

"也罢。分久必合。倒是好一阵不曾'别姬'了。"他笑，"就凑到一块再'别'吧。"

"不过——"

"干嘛吞吞吐吐的？"

"朱先生说的，他找段老板，找不到。多半是喝酒玩蛐蛐去。"

一九四三年。大伙仍在日本人手底下苟活着。活一天是一天。

一群酒肉朋友簇拥着，在陈先生家里大吃大喝。还各捧个名贵细瓷盅儿，展览着名贵的蛐蛐。

小楼在桌边吆道：

"喝！我这铜甲将军，昨儿晚上给喂过蚂蚁卵，打得凶！谁不服气，再战一局！"

又朝菊仙得意地笑：

"菊仙，你给我收钱吧。"

他又赢了，钱堆在桌面。

友人帮腔恭维：

"真是霸王，养的蛐蛐也浑身霸气！"

"嗳，不是好货色，还不敢在真霸王跟前亮相呐！"

小楼大笑，卖弄一下唱腔：

"酒来——"

声如裂帛，鹤唳九霄，众附和地喊：

"好！好！"

有人趁机：

"段老板，趁您今天高兴，借两花花？"

小楼豪气干云。桌面上摸了点给他：

"拿去也罢！"

看两个人去了，菊仙才道：

"啐！人家加你一倍包银，你有本事花去三倍！"

小楼在场面上，不搭理，只道：

"你先回去。晚上给我弄红烧肉。"

菊仙恨恨地走了。

"再来再来！"小楼嚷，"女人就是浅。"

此时，蝶衣由小四及催场先生引领了来，见小楼无心上场，极为可惜，蝶衣不多话，只道："开脸吧。"

小楼不动：

"你没见我忙着呐！"

催场的又在念他的独门对白了：

"我的大老板，快上场吧，宪兵队爷们许要来听戏，得顺着点，得罪不起呀。"

"光开脸没用。"

小楼回头一看蝈蝈的盅儿。蝶衣气了，一急，把它一扫，盅儿拨拉到地上去，碎裂。恨他吊儿郎当。

催场的忍气吞声，做好做歹：

"两位老板,您是明白人。我先找人垫场,请马上来,我先走一步,咱等着您俩呐！"

蝶衣赶紧去扯小楼衣袖子，又哄他：

"你这是干嘛？"

"找人赎行头吧，进了当铺了。"

"哎！"蝶衣跺足，唤小四，给他钱，附耳吩咐几句。小四唯唯。

蝶衣气了："段小楼，你这是好架势。难怪当铺钱老板乐得多出点供你大爷花花，就是看准你不会当死，明天又有人给赎回来了！"

"谁管明天是什么日子？如果日本人亡掉我们，谁有明天？"

"你没有明天，我可有！"

"是，你有！你天天抽'这个',不仅嗓子糟蹋了,扮相也没光彩。你就有明天？"

"你花钱像倒水一样，倒光了，谁照应你？往后我俩真拆伙了，谁给你赎行头？"

"你不爱惜自己，还能够唱多久？到那个时候，你不拆伙，我也不要合演！"

蝶衣抖索着。血气上涌，思前想后，千愁万恨。他只想起当年河边，小石头维护着小豆子，不让大伙上前，他说："你们别欺负他！你们别欺负他！"

蝶衣万念俱灰："我们拆伙吧！"小楼也怔住，不能自持，张口结舌地望着他。孰令致此？——小四把行头赎回来了。小楼爽步上前："待会多上一点粉，盖住脸上灰气，虞姬还是虞姬。我呢，那么一起霸，就是彩。上了台，一对拔尖角儿，我们肯唱二轴，谁都不敢跟在后面哩！戏，还是要唱下去的。"

终于回到后台去。

戏园子的后台，这一阵子也有设了赌场，给人散戏后推牌九耍乐；也有设了烟局，让抽两口解忧；老客还可带了妓女上来小房间休息。一塌胡涂。

今非昔比。到底是兄弟情谊，戏，还是要唱下去的。

小楼一壁开脸，忘记了适才的过节。他是为他好，按捺不住又道："看来今儿晚上都是来捧你虞姬场的人。"

"台上是台上，台下是台下。"

"谁说不是。有的爷们捧角儿，不过贪图你台上风光，害了你都不知道，别晕头转向。"

小楼知道得多，只觉自己不给他说，又有谁来教训他？就是憋不住，自己是师哥。

"还有，这话我不能不说，"他正色，"师弟，你还是……别抽'这个'了。一下子抽少了，又打呵欠，又没精神。抽多了，嗓子成了'云遮月'——我是为你好！"

蝶衣觉得他是关怀的，遂望定他：

"我——"

还没说，小楼又接上去：

"菊仙也让我劝劝你。"

蝶衣的深情僵住了。

"那天她说的那门亲事，怎么着？有没有想过成家？你倒是回个话，菊仙——"

没等小楼说完，蝶衣过去审视小四赎回来的行头。他听到什么"菊仙也……"转悠来，转悠去，心神不定。兄弟共话，谁料又夹了第三者？他还是体己的，他还是亲。谁要她呢？没来由地生气。谁要她？

"哎，小豆子——"小楼一时情急。蝶衣背影一怔。但又想到自己无法欺身上前，前尘仅是拈来思念。极度隔膜。

他忽地回过头来，负气：

"你以后就是典当老婆，也不能再典当行头了！你瞧瞧，让当铺老鼠咬出这么大的洞洞，还得我给你补！"

转身自顾自更衣去。

锣鼓已在催场——及时地。

这戏便又唱下去了。

约莫过了一大段，还没到高潮。幕后正是汉兵的"楚歌"。四面皆是，用以惑众。

声韵凄凉，思乡煽情：

"田园将芜胡不归，

千里从军为了谁？

……"

为了谁？

"四面俱是楚国歌声，莫非刘邦他已得楚地不成？"项羽长啸："孤大势去矣！"

连乌骓，也被困垓下，无用武之地了。

眼看到了"别姬"精彩处，忽自门外，操进一队日军。都戎装革履，靴声伴着台上的拉腔，极不协调。

全为一位军官开路、殿后。

他是关东军青木大佐。

青木胸前佩满勋章，神采奕奕。不单荷枪，还有豪华军刀，金色的刀带，在黯黑的台下，一抹黄。戎装毕挺无皱折，马刺雪亮。

英姿飒爽地来了。

四下一看，马上有人张罗首座给他——先赶走中国人。

怕事的老百姓，不赶先避。看得兴起的，不情不愿满嘴无声咒诅。却也有鞠个躬给皇军，惟恐讨不了他欢心。

楚歌声中，他们毫无先兆地，把戏园子前面几排都霸占了。有几个走得慢了点，马上遭拳脚交加。台下有惨叫。

全场敢怒不敢言。

小楼在台上，一见，怒气冲天。

性子一硬，完全不理后果，他竟罢演，一个劲儿回到台下：

"不唱了不唱了！妈的！满池座子都是鬼子！"

幕急下。鼓乐不敢中断，在强撑。

班主、经理和催场的脸色大变：

"哎，段老板，您好歹上场吧，得罪了，吃不了兜着走！求求您了！"

"您明白人，跟宪兵队有计较的地儿么？把两位五花大绑了去，也是唱……"

小楼大义凛然：

"老子不给鬼子唱！"

又道：

"我改行，成了吧？"

菊仙知道情势危殆：

"小楼，这不是使性子的时候——"

小楼不反顾，像头蛮牛，卸了半妆，已待拂袖离去。

外面有什么等着他？一概不管。猛兽似的阴影。菊仙急忙追上去。

"小楼你等我——"

大伙追出。

蝶衣立在原地。他没有动，他想说的一切，大伙已说了。他自己是什么位置？——小楼的妻已共进退！

不识相的段小楼根本回不了家，也改不了行。一出门，即被宪兵队逮走。

囚室中，皮鞭子、枪托、拳打脚踢。任你是硬汉子，也疼得嘴唇咬出血来。

"不唱？妈的不给皇军唱？"

他分不清全身哪处疼哪处不疼。四肢百骸都不属于自己。一阵晕眩，天地在打转……

但，小楼竟可屏住一口气，不肯求饶。他站不住，倒退栽倒，还企图爬起来。

他横眉竖眼，心里的火蹿到脸上，鬼子越凶，他越不倒。

——他的下场肯定是毙了。

蝶衣还没睡醒。

不唱戏，他还有什么依托？连身子也像无处着落。睡了又睡，睡得天昏地暗日月无光。

"醒了？烦你喊一下，急死了！"

菊仙觍颜来了。追问着小四。

他道："刚睡醒，请进来。"

蝶衣在一个疑惑而又暧昧的境地，跟她狭路相逢似的。刚睡醒，离魂乍合，眯着眼，看不清楚，是梦么？梦中来了仇家。

菊仙马上哀求：

"师弟，你得救救小楼去！"

他终于看见她了。她脸色苍白，老了好几年呢，像拳皱了的手绢子，从没如此憔悴过。她不是一个美人吗？她落难了。蝶衣嗤的一笑，轻软着声音：

"什么'师弟'？——喊蝶衣不就算了？"

稍顿，分清辈分似的：

"'我'师哥怎么啦？"

菊仙忍气吞声，她心里头很明白，她知道他是谁。依旧情真意切，求他：

"被宪兵队抓去了。盼你去求个情，早点给放出来，你知道那个地方……拿人不当人。这上下也不知给折腾得怎么样。晚了就没命了。小楼的性子我最清楚了——"

"你不比我清楚。"蝶衣缓缓地止住她，"你认得他时日短，他这个人呀……"

他坚决不在嘴皮子上输给"旁人"。尽管心中有物，紧缠乱绕，很不好受——他不能让她占上风！

菊仙急得泪盈于睫，窘，但为了男人，她为了他，肺腑被一只长了尖利指爪的手在刺着、撕着、掰着，有点支离破碎，为了大局着想，只隐忍不发：

"你帮小楼过这关。蝶衣，我感激你！"

蝶衣也很心焦，只故作姿态，不想输人，也不想输阵。

他心念电转——此时不说，更待何时？真是良机！水大迈不过鸭子。她是什么人？蝶衣沉默良久。菊仙只等他的话。终于僵局打破了：

"就看我师哥分上，跑一趟。"

为了小楼，他也得觍颜事敌，谁说这不是牺牲？

但蝶衣瞅着菊仙。她心肠如玻璃所造，她忽地明白了。他也等她的话呀。

"——你有什么条件？"

蝶衣一笑，闭目：

"哪来什么条件？"

菊仙清泪淌下了。

只见蝶衣伸手，款款细抹她的泪水，顺便，又理理对方毛了的鬓角，一番美意，倒是"姊妹情深"。

小四在房门外窥探一下，不得要领，便识趣走开。

蝶衣自顾自沉醉低回：

"都是十多年的好搭档。从小就一起。你看，找个对手可不容易，大家卯上了，才来劲。你有他——可我呢？就怕他根本无心唱下去了，晕头转向呀，唉！"

闻弦歌，知雅意。

菊仙也一怔：

"蝶衣？——就说个明白吧。"

"结什么婚？真是！一点定性也没有就结婚！"

他佯嗔轻责，话中有话。

菊仙马上接上：

"你要我离开小楼？"

"哦？你说得也是。"

蝶衣暗暗满意。是她自己说的，他没让她说。但她要为小楼好呀。

"你也是为他好。"他道，"耽误了，他那么个尖子，不唱了，多可惜！"

——二人都觉着对方是猫嘴里挖鱼鳅！

末了菊仙翘了二郎腿，一咬牙：

"我明白了，只要把小楼给弄出来，我躲他远远儿的。大不了，回花满楼去，行了吧？"

蝶衣整装出发。

榻榻米上，举座亦是黄脸孔。

宪兵队的军官，还有日本歌舞伎演员，都列座两旁。他们都装扮好了，各自饰演自己的角色。看来刚散了戏，只见座上有"忠臣藏"、"弁天小僧"、"四谷怪谈"、"助六"……的戏中人，脸粉白，眼底爱上一抹红，嘴角望下弯的化妆。两个开了脸，是不动明王和妖精。两头狮子，一白发一赤发。歌舞伎也全是男的，最清丽的一位"鹭娘"，穿一身"白无垢"。

他们一一盘膝正襟而坐，肃穆地屏息欣赏。因被眼前的表演镇住了！

关东军青木大佐，对中国京戏最激赏。他的翻译小陈，也是会家子。

除了小陈，惟一的中国客人，只有蝶衣。

蝶衣清水脸，没有上妆，一袭灰地素净长袍，清唱：

"原来姹紫嫣红开遍，

似这般都付与断井颓垣。

良辰美景奈何天，

赏心乐事谁家院。

朝飞暮卷，

云霞翠轩，

雨丝风片，

烟波画船。

锦屏人忒看的这韶光贱。"

只要是人前表演，蝶衣就全情投入，心无旁骛。不管看的是谁，唱的是什么。他是个戏痴，他在"游园"，他还没有"惊梦"。

"则为你如花美眷，

似水流年。

……"

都在梦中。

他来救他。他用他所学所知所有，反过来保住他。小楼。

那虎彪彪的青木大佐，单眼睑，瘦长眼睛，却乌光闪闪，眉毛反倒过浓，稍上竖，连喜欢一样东西都带凶狠。

"好！中国戏好听！'女形'表演真是登峰造极！"

小陈把他的话翻译一遍。蝶衣含笑欠身。

青木强调：

"今晚谈戏，不谈其他。'圣战'放在第二位。我在帝国大学念书时，曾把全本'牡丹亭'背下来呢。"

蝶衣欣然一笑：

"官长是个懂戏的！"

他一本正经：

"艺术当然是更高层的事儿——单纯、美丽，一如绽放的樱花。在最灿烂的时候，得有尽情欣赏它们的人。如果没有，也白美了。"

蝶衣不解地等他说完，才自翻译口中得知他刚才如宣判的口吻，原来是赞赏。是异国的知音，抑或举座敌人偶一的慈悲？

只见青木大佐一扬手示意。

纸糊的富士佳景屏风敞开，另一偏房的榻榻米上，开设了盛宴，全是一等一的佳肴美酒、海鲜、刺身……晶莹的肉体，粉嫩的，嫣红的。长几案布置极为精致，全以深秋枫叶作为装饰。每个清水烧旁边都有一只小小的女人的红掌，指爪尖利妖娆。

青木招呼着大家，歌舞伎的名角，还有蝶衣：

"冬之雪、春之樱、夏之水、秋之叶，都是我们尊崇的美景。"

蝶衣一念，良久不语。无限低回：

"我国景色何尝不美？因你们来了，都变了。"

对方哈哈一笑：

"艺术何来国界？彼此共存共荣！"

是共存，不是共荣。大伙都明白。

在人手掌心，话不敢说尽。记得此番是觍颜事敌，博取欢心。他是什么人？人家多尊重，也不过"娱宾"的戏子。顶尖的角儿，陪人家吃顿饭。

蝶衣一瞥满桌生肉。只清傲浅笑：

"中国老百姓，倒是不惯把鱼呀肉呀，生生吃掉。"

生生吃掉。被侵略者全是侵略者刀下的鱼肉。

蝶衣再卑恭欠身：

"谢。烦请把我那好搭档给放了。太感激您了！"

"不。"青木变脸，下令，"还得再唱一出，就唱'贵妃醉酒'吧。"

蝶衣忍辱负重，为了小楼，道：

"官长真会挑，这是我拿手好戏呢。"

他又唱了。委婉地高贵地：

"好一似嫦娥下九重，

清清冷落在广寒宫，

啊，

广寒宫。"

他打开了金底描上绯红牡丹花开富贵图的扇子，颤动着掩面，莺娇燕懒。

贵妃。

只在唱戏当儿，他是高高在上的。

待得出来时，夜幕已森森地低垂。

蝶衣在大门口等着。

宪兵队的总部在林子的左方，夜色深沉，只见群山林木黑魅魅的剪影。也只见蝶衣的剪影。

清秋幽幽的月亮，不知踪迹，天上的星斗，也躲入漆黑的大幕后似的。

等了一阵，似乎很久了，创痕累累的段小楼被士兵带出来。他疲惫不堪，跟跄地却急步上前。

见着蝶衣。

"师哥，没事了。"

他意欲扶他一把。一切过去了，他的身边只有他一个人了。

谁知小楼非常厌恶，痛心，呼吸一口子急速，怒火难捺。他的眼神好凶，又夹杂瞧不起，只同吃下去一头苍蝇那样，迫不及待要吐出来：

"你给日本鬼子哈腰唱戏？你他妈的没脊梁！"

一说完，即时啐了蝶衣一口。

唾液在他脸上，是一口钉子！

他惊讶而无措，头顶如炸了个响雷。那钉子刺向血肉中，有力难拔。

呆立着。

黑夜中，伸来一只手。一只女人的手。她用一块轻暖的手绢儿，把那唾液擦去。款款地，一番美意。一切似曾相识，是菊仙！

她温柔地拍拍小楼，然后挽着他臂弯，深深望蝶衣一眼。

菊仙挽着小楼，转身离去。一切悄没声色。幕下了。

望向林子路口，原来已停了黄包车，原来她曾悄没声色地，也在等。

她早有准备！她背弃诺言！

——抑或，她只是在碰运气，谁知捡了现成的便宜？

蝶衣永远忘不了那一眼。她亲口答应的："我躲他远远儿的！"

但他没离开她，她倒表现得无奈，是男人走到她身边去。

这是天大的阴谋。

婊子的话都信？自己白赔了屈辱，最大的屈辱还是来自小楼的厌恶。谁愿哈腰？谁没脊梁？蝶衣浑身僵冷，动弹不得。一切为了他，他却重新失去他，一败涂地。脸上唾液留痕处，马上溃烂，蔓延，焚烧——他整张脸也没有了，他没脸！

月亮不识趣地出来了。

清寒的月色下，忽闻林子深处有人声步声，还有沉重呼喝：

"走！"

蝶衣大吃一惊。

"打倒日本鬼子！打倒——"

然后是口鼻被强掩的混浊喊声，挣扎，殴打。

"砰！"

枪声一响。

"砰！"

枪声再响。

林中回荡着这催命的啸声，世界抖了一下。又一下。林子是枪决的刑场。宪兵功德圆满地收队了。

受惊过度的蝶衣，瞪大了眼睛，极目不见尽头。他同死人一起。他也等于死人。蓦地失控，在林子咻咻地跑，跑，跑。仓皇自他身后，企图淹没他。他跑得快，淹得也更快。

跌跌撞撞地，逃不出生天。蝶衣虚弱地，在月亮下跪倒了。像抽掉了一身筋骨，他没脊梁，他哈腰。是他听觉的错觉，轰隆一响，趴哒一声，万籁竟又全寂，如同失聪。

人在天地中，极为渺小，孑然一身。浸淫在月色银辉下。

他很绝望。一切都完了。

夕阳西下
水东流

留声机的大喇叭响着靡靡之音。

蝶衣心情无托，惟有让这颓废的乐声好好哄护他。

房子布置得更瑰丽多姿，什么都买，都要最好的。人说玩物能丧志，这便是他的心愿，但愿能丧志。

镜子越来越多，四面窥伺。有圆的、方的、长的、大的、小的。

他最爱端详镜中的美色，举手投足，孤芳自赏。兰花手，"你"，是食指俏俏点向对方；"我"，是中指轻轻捺到自己心胸；"他"，一下双晃手，分明欲指向右，偏生先晃往左，在空中一绕，才找寻到要找寻的他。

这明媚鲜妍能几时？

只怕年华如逝水，一朝漂泊，影儿难再寻觅。他又朝镜子作了七分脸，眼角暗飞，真是美，美得杀死人！

五光十色，流金溢彩的戏衣全张悬着，小四把它们一一抖落，刻意高挂，都是女衣。裙袄、斗篷、云肩、鱼鳞甲、霞帔、褶裙……满室生春。戏衣艳丽，水袖永远雪白。小四走过，风微起，它们用水袖彼此轻薄。

古人的魂儿都来陪伴他了，一行珠帘闲不卷，终日谁来？不来也罢，小四还是贴身贴心的。

蝶衣慵懒地哼着：

"人言洛阳花似锦，

奴久系监狱不知春……"

小四穿上一件戏衣，那是"游园惊梦"中，邂逅小生时，杜丽娘的行头。"翠生生出落的裙衫儿茜，艳晶晶花簪八宝填。"

小四拈起一把杭州彩绢扇子，散发着檀香的迷幻芳菲。蝶衣一见，只淡淡地微笑，随意下个令：

"小四，给我撕掉。"

小四见他苦闷无聊，惟有破坏，他太明白了，问也不问，把扇子给撕了。

一下细微的裂帛声。

蝶衣又闲闲地：

"把戏衣也撕了。"

他二话不说，讨他欢心，又撕了。不好撕，得找道口子，奋力一撕——裂帛声又来了，这回响得很，蝶衣痛快而痛苦地闭上眼睛。

原来乖乖地蹲在他身畔，那上了鸦片瘾的黑猫，受这一惊，毛全竖起来。来福戒备着，蝶衣意欲爱抚它，谁知它突地发难，抓了他一下。

这一下抓得不深，足令蝶衣惶惑不解——对它那么好，末了连猫也背叛自己？

蝶衣瞅着那道爪痕，奇怪，幼如一根红发丝。似有若无，但它分明抓过他一下。

小四装扮好来哄他，拉腔唱了：

"则为你如花美眷，

似水流年。

是答儿闲寻遍，

在幽闺自怜……"

蝶衣随着他的唱造神游，半晌，才醒过来似的，又自恋，又怜他。

"小四呀，十年廿年也出不了一位名角儿呢。你呢，还是成不了角儿啦。"

他又闭目沉思去。良久，已然睡着。

小四一语不发。一语不发。

末了又把金丝银线收拾好了。

一天总算过去。

人人都有自己过活的方法。一天一天地过。中国老百姓，生命力最强。

一冬已尽。京城的六月，大太阳一晒，屋里往往待不住人，他们都搬了板凳，或竹凳子，跑到街上，摇着扇子。

久久未见太阳的蝶衣，夜里唱戏，白天睡觉。脸很白，有时以为敷粉未下。他坐在黄包车上，脚边还搁了个大纸盒，必是戏衣了。又买了新的。旧的不去，新的怎么来？

黄包车走过市集。

都在卖水果吃食。

忽闻一把又响亮又明朗的好嗓子，扯开叫卖：

"高啦瓢的咧大西瓜咧——

论个儿不论斤，

好大块的甜瓜咧，

赛了糖咧——"

抑扬顿挫，自成风韵，直如唱戏。

蝶衣一听，耳熟。

一棵大槐树下，停了平板车，木盆子摆好一大块冰，镇了几个青皮沙瓤西瓜在边上。卖的人，穿一件背心，系条围裙，活脱脱是小楼模样。

蝶衣不信，黄包车便过去。他示意车子稍停，回头看真。

一个女人走近。她打扮朴素，先铺好干净蓝布，西瓜一个个排开，如兵卒。她给瓜洒上几阵冰水，小楼熟练地挑一个好的，手起刀落，切成两半，再切成片零卖。

菊仙罩上纱罩，手拎大芭蕉扇在扇，赶苍蝇，叫人看着清凉。

是这一对平凡夫妻！

蝶衣看不下去。

正欲示意上路，不加惊扰。

小楼正唱至一半：

"谁吃大西瓜哎，

青皮红瓤沙口的蜜来——"

招徕中，眼神逮到迟疑的蝶衣。

他急忙大喊：

"师弟！师弟！师弟！"

蝶衣只好下车过来。

小楼把沾了甜汁的大手在围裙上擦擦，拉住蝶衣。一点也不觉自家沦落了。还活得挺神气硬朗。

他豪爽不计前尘，只无限亲切，充满歉疚：

"那回也真亏你！我还冤了你，啐你一口。一直没见上呐，为兄这厢赔礼！"

"我都忘了。"

蝶衣打量小楼：

"不唱了？"

"行头又进当铺去了。响应全民救国嘛，谈什么艺术？"又问，"你呢？"

"我只会唱戏，别的不行。"

洗净铅华，跟定了男人的菊仙，粗衣不掩清丽，脸色特红润，眼色温柔，她捧来一个大西瓜：

"这瓜最好，薄皮沙瓤，八九分熟，放个两天也坏不了。"

蝶衣带点敌意，只好轻笑：

"你们都定了，多好。"

"乱世嘛，谁能定了？还不是混混日子？"

小楼过来，搂着菊仙，人前十分地照顾：

"就欠她这个。只好有一顿吃一顿。"

蝶衣一想，不知是谁欠谁的？如何原谅她，一如原谅无关痛痒的旁人？他恨这夫妻俩，不管他私下活得多跌宕痛楚，他俩竟若无其事地相依。他恨人之不知。恨她没脸、失信，巧取豪夺！

蝶衣顺目自西瓜一溜，呀！忽见菊仙微隆的肚皮。

两三个月的身孕了。难怪小楼护花使者般的德性。

一如冷水浇过他的脊梁，他接过那冰镇的西瓜，更冷。他接过它，它在他怀中，多像一个虚假的秘密的身孕。

蝶衣百感交集——这是他一辈子也干不了的勾当！

他只好又重复地问：

"不唱了？"

小楼答：

"不唱了！"

就这样，一个大红的武生，荒废了他的艺，丢弃科班所学所得，改行卖西瓜去，挺起胸膛当个黎民百姓？十年廿年也出不了一位名角儿呢。

关师父的心血付诸东流。

他更老了。

虎威犹在。

二人被叫来，先噼啪一人一记耳光，喝令跪下，在祖师爷神位前，同治光绪名角儿画像的注视下，关师父苍老的手指，抖了：

"白教你俩十年！"

小楼和蝶衣俯首跪倒，不敢作声，"一日为师，一生为父"，这不单是传统，这还是道义。戏文里说的全是这些。师父怒叱：

"让你们大伙合群儿，都红着心，苦练，还不是要出人头地？一天不练手脚慢，还干脆拆伙？卖西瓜？嘎？"

老人呛住了，喘了好几下。

门外一众的小徒弟，大气也不敢透。两个红人跪在那儿听他教训，还没出科的，连跪的余地都没有。

"同一道门儿出去的兄弟，成仇了？你俩心里还有我这师父没有？"

越骂越来劲，国仇家恨都在了：

"咱中国有句老话，老子不识字，可会背：'兄弟阋于墙，外御其侮；兄弟刀枪杀，血被外人踏！'唱词里不是有么？眼瞅着日本鬼子要亡咱了，你们还……"

末了把二人赶走，下令：

"给我滚，一个月之内组好班子再来见我！咱台上见！"

——一场"兄弟"。

关师父等不到这一台。

就在初六那天，孩子如常天天压腿，一条一条的腿搁在与人一起老去的横木梁上，身体压下去。

关师父坐在竹凳子上，喊着：

"七十六，七十七，六十三，六十四，四十四，四十五……四十六……"

孩子暗暗叫苦，你看我，我看你，真没办法，要等师父数到

124

一百下，快到了，他年岁大，记性坏，总是往回数。

关师父的眼神迷濛了，喊数更含糊。花白的头软垂着，大伙以为他盹着了，装个鬼脸。

在毫无征兆毫无防备的一刻，他的头一垂不起，在斜晖下，四合院中，生过一顿气之后，悄悄地老死了。

顽皮但听教的孩子们，浑然不觉。

小楼匆匆赶至蝶衣的家。

在下午的四点钟，蝶衣刚抽过两筒。小四给他削梨子吃。那鸦片神秘的焦香仍在。梨子的清甜正好解了它。正瞥到帘下几上，那电话罩着一层薄尘，太久没人打来，也根本不打算会接，那薄尘，如同给听筒作个妆。

蝶衣见小楼气急败坏：

"师父他——"

他忙抖擞：

"知道了，咱先操操旧曲，都是老搭档——"

"见不着师父了！"

蝶衣一惊，梨子滚跌在地。他呢喃：

"见不着了？"

"死了！"

"死了？"

小楼非常伤感：

"科班也得散了。孩子没着落，我们弟兄们该给筹点钱。"

蝶衣呻吟：

"才几天。还数落了一顿，不是说一个月之内组好班子么？不是么？……"

生死无常。

哀愁袭上心头。心里很疼。情愿师父继续给他一记耳雷子，重重的。他需要更大的疼，才能掩盖。小楼低着头，他也吃力地面对它。喉间的疙瘩，上下骨碌地动着。蝶衣想伸手出来，抚平它，只见它嘀嘀咕咕地，挥之不去——好不容易凑在一块，是天意，是师命，他俩谁也跑不掉，好不容易呀，但师父却死了！

下一代的孩子们都在后台当跑腿，伺候着已挣了出身前程的师哥们。这一回的义演，筹了款子，好给师父风光大葬，也为这面临解体，树倒猢狲散的末代科班作点绸缪——不是绸缪，而是打发。

心情都很沉重。

"哈德门、三个五、双妹……"卖香烟的在胡同口戏园子里外叫喊着。台上则是大袍大甲的薛丁山与樊梨花在对峙。上了场，一切喜怒哀乐都得扔在身后，目中只有对手，心中只有戏。要教我唱戏，不教戏唱我。戏要三分生，把自己当成戏中人，头一遭，从头开始邂逅。心底不痛快，还是眉来眼去地对峙着，打情骂俏……

就在急鼓繁弦催逼中，外面忽传来轰烈的噼噼啪啪声响。

对拆中的小楼和蝶衣，有点紧张。

"师哥，是枪炮声么？听！"

虽是慌张，也不失措，不忘老规矩，照样没事人地演下去。

小楼跟着点子，也细听：

"不像。奇怪。"

群众的喧哗竟又响起。拆天似的：

"和平了！胜利了！"

"日本鬼子投降了！"

"国军回来啦！"

……

原来欢天喜地的老百姓在点燃鞭炮，还有人把脸盆拎出来大敲。

狂欢大乱。座上的看客措手不及，扭头门外，火花四溅，跑来一个壮汉，来报喜：

"胜利了！胜利了！"

人心大快。礼帽、毛巾、衣物、茶壶、椅子、瓜子、糖果、香烟……全都抛得飞上天。

蝶衣开心地耳语：

"仗打完了！"

小楼也很开心：

"不！咱继续开打！"

二人越打越灿烂，台下的欢呼混成一片。

菊仙在上场门外，不知何故，眼泪簌簌淌下。一个八九岁的小徒儿，依偎在她身畔，有点惶惑。

戏演完了。

后事也办妥了。

终于，太阳也下山了。

那天，把义演的账一算，挣来的钱，得分给他们。

下过一场微雨，戏园子门外，一地的爆竹残屑被浸淫过，流成一条条蜿蜒的小红河，又像半摊血泪的交织。

科班散了，像中国——惨胜！喜乐背后是痛楚。

菊仙拎着一个蓝布袋，里头盛了银元。徒儿们，最大不过十三四，最小，便是那八九岁的，排成一行，一个挨一个，来到段小楼跟前。他以长者身份，细意叮咛：

"科班散了，以后好好做人！"

分给每人两块银元。孩子接过，一一道：

"谢谢！"

也许可以过一阵子，但以后呢？

小楼不知该说什么好，只又叮咛：

"好好做人！"

眼前细雨凄迷，前路茫茫。非常无助。

孩子们抬头看天色。空气清明如洗，各人心头黏黏答答。师父在，再不堪，会有落脚处，天掉下来有人担待，大树好遮荫，不必操心，只管把戏唱好。如今到那儿去呢？一个眼中含泪。有两个，索性抱着头，哭出声来，恋恋不舍。

风流总被雨打风吹去。

一个个各奔前程，前程是什么？

此时，一柄紫竹油纸伞撑过来，打在小楼头上。

是蝶衣。

伞默默地遮挡着雨。

两个人，又共享一伞。大师哥的影儿回来了，他仍是当头儿的料，他是他主子。彼此谅宥，一切冰释。什么也没发生过。

真像是梦里的洪荒世界。

菊仙蓝布袋中的银元分完了。布袋一下子瘪掉。她摸摸微隆的肚皮，妒恨和不悦一闪而过。只觉危机重重，惊心动魄，心里很不安宁，又说不出所以然。

小楼冲蝶衣和菊仙叹喟：

"看，一家人一样了，不容易呀，熬过这场仗。还是一块吧。"

蝶衣满足地又向菊仙一笑。

菊仙赶紧展示对肚中孩子的期待：

"对了，将来孩子下地，该喊你什么？"

挨近她丈夫，声音又软又腻：

"你说说看，该喊蝶衣叔叔呢？还是干爹？"

小楼一想，道：

"就喊干爹。我这师弟呀，打小时候起就想养一个孩子了！"

菊仙胜意地点点头——她为了点明他的身份和性别，不遗余力：

"真的？那蝶衣日后'成家'了，一定养一大堆。"

又很体己地一笑：

"你就是艺高人登样，等闲也看不上。"

一场仗结束了，另一场仗私下要打。她的头轰轰地疼。

日本天皇的"玉音放送"，广播周知：战争结束了，日本是战败国，开始撤军……

一九四五年，低沉的语调衬托出高昂的士气，但这只是表面。

戏园子门楼上，原来有对联儿：

"功名富贵尽空花　玉带乌纱　回头了千秋事业

离合悲欢皆幻梦　佳人才子　转眼消百岁光阴"

炮火和烟尘令它们蒙污。

经理在旁，照应着下人把顶上悬着的日本太阳旗除下来，改挂青天白日满地红。太阳给扔在地上，一双双鞋子踩踏过——是军鞋、伤兵的鞋、肮脏的赤足，还有残疾人的拐杖。

日本人投降后，市面很乱，百业萧条，一时间不能恢复元气。

学生们又闹罢课，街上天天有游行队伍，他们对一切都感觉悬空、失重，不知为了什么，也不知应干些什么，天天放火烧东西，示威。

国民党势力最大，也有兵出来抢吃抢喝。金圆券膨胀，洋火也要好几万。

很多班主看上座不好，便把戏班散了，改了跳舞厅。于是市面上的橱窗，出现了他们平沽的戏衣，凤冠蟒袍，绣花罗裙。

无论日子过得怎么样，蝶衣都不肯把他的戏衣拿出来，人吃得半饱，没关系，他就是爱唱戏，他爱他的戏，有不足为外人道的深沉感觉。只有在台上，才找到寄托。他的感情，都在台上掏空了。

还是坚持要唱。窝在北平，有一顿唱一顿。

戏园子上座的人多，买票的少。

舞台两侧，除开国民党旗帜以外，还张贴着花绿纸饰和标语：

"慰问国军！"

"欢迎国军回到北平！"

"向士兵致意！"

全是惊叹语，是劫后余生一种不得已的激动。

来了一群混混，他们之中，有流氓地痞，也有伤兵，全都是无家可归的男人。睡在澡堂和小饭馆外，也联群结党到小戏园子白看戏，不是看戏，只是找得一个落脚处，发泄他们的苦闷。摔东西，躺得横七竖八，胆小的观众都受惊扰，但凡有脚的都争相走避，除了桌椅，迫于无奈地忍受踩躏。

有个在一角静静流泪，"不知如何"，也不知为谁。

仍是"霸王别姬"的唱段。又从头把恩爱细唱一遍。

那哭过的伤兵，只剩一条腿，不断用拐杖拍击来发泄。

忽然一道手电筒的光芒照向台上虞姬的脸。吃这一闪，又晃得头昏目眩，蝶衣几乎立足不稳。

"别唱了，打吧！狠狠地打吧！"

苦闷变成哀嚎，一池座子在失重状态。

一个瞎了一只眼的很猥琐地怪叫：

"虞姬怎么不济事了？来月经吧？"

蝶衣气得色变，又羞又怒。

满堂哄笑。

小楼马上停了唱，忙上前解围，双手抱拳，向伤兵鞠了一躬。

"诸位，戏园子没有拿手电筒照人的规矩，您们请回座儿上看——"

话没了，猛听得穷吼怪叫：

"老子抗战八年！没老子打鬼子，你他妈的能在这儿唱？兔崽子！你还活不了呐！"

都趁机发泄，更凶：

"'前方吃紧，后方紧吃'，你们下三滥戏子扛过枪么？杀过鬼子流过血么？"

一个手电筒扔上来，把小楼砸中了。

没来由地受辱，他一怒之下，把切末推倒，向伤兵们扔去。

一众哗然，混混们也推波助澜。

小楼怒从心上起，恶向胆边生，自台上打到台下。蝶衣见状，也奋不顾身捍卫，他哪是这料子？被当胸揪打几拳，一块木板砸下去，头破血流。柔弱得险要昏倒。

小楼抓住那人的脑袋，用自己的头去顶撞。古人和今人簇拥成堆，打将起来，一如九里山项羽力战群雄。

人多势众，又有拐杖板凳作武器，眼瞅着一记自他背心迎头击下——

菊仙也不细想，即时冲出，以身相护，代小楼挡了这一记。慌乱中，一下又一下，她肚子被击中了……

菊仙疼极倒地。

冷不提防，只听见小楼惨叫：

"菊仙！"

血自她腿间流出。

如刀绞，如剜心，她也惨叫：

"哎——"

全身蜷缩，一动，血流得更凶。

小楼如愤怒的狂狮，疯狂还击。他歇斯底里，失去常性：

"我的孩子！菊仙！我的孩子！"

大伙眼看不妙，喊：

"出人命了！"

"快走！快走！"

小楼狂势止不住。

蝶衣捂着流血的额角。他没有为小楼牺牲过。他恨不得那失血昏迷的人是自己，名正言顺，义无返顾。蝶衣也很疼，他有更疼的在心胸另一边。不是不同情菊仙，间接地，是他！因自己而起的一场横祸，她失去孩子了。

啊终于没有孩子横亘在中间。

拔掉另一颗眼中钉。

蝶衣只觉是报应，心凉。只要再踹上一脚……他的血缓流，遮住眼角。菊仙的痛苦比他大多了——但这又是师哥最亲的人。瞧小楼伤心悲噱，不忍呀。

蝶衣掩耳闭目。

一地碎琉璃，映照惶惶的脸——中国人，连听场戏吃个饭，都以流血告终。

警察来了，人声鼎沸，抓人。

抓的竟是汉奸！

为日本人服务过哈过腰唱戏的角儿程蝶衣是汉奸。

菊仙在昏迷以前，见到蝶衣被带走。

一天一夜，她终于醒过来。孩子流产了。

小楼陪伴在病榻旁，眼皮倦得有千斤重。浑身像散了架，伤势不要紧，从小打到大，致命伤是失去了孩子，还有，师弟又被抓，以"汉奸"入罪。此罪可大可小，经一道手，剥一层皮。政府最恨这种人。一下子不好便枪毙。

小楼是两边皆忧患。

见菊仙终于醒过来，脸色苍白如洗，命保住了，人是陡地瘦下去——是肚中另一个人也失掉了，血肉一下子去了一半，菊仙如自噩梦中惊醒，狞厉一叫：

"——小楼！"

他搂住她，相依为命的当儿，他竟又抽身他去，营救蝶衣。

"……"菊仙气极，"小楼你……叫那假虞姬给你生孩子去！"

"得去想法子呀，他们是说拿便绑，说绑便杀。汉奸哪！也是人命！"

"蝶衣他是有干过这事，大概罚罚他，关一阵子就给放出来。你跟政府是说不清的。"

菊仙不想他走，在一个自己最需要的当儿，他为另一个人奔走？这人，台下是兄弟，台上是夫妻。而她，是他终生的妻呀。

"他没杀人，不曾落了两手血。"菊仙道，"一定从轻发落的，你能帮上什么？"

"那回是为了我，才一个人到鬼子的堂会。他们怀疑他通敌！"

"吓？"菊仙一听，才知事态严重。

她当然记得那一宗"交易"，她背叛了他——或者说，她答应离开小楼，只是小楼不曾离开她吧。她没强来呀。她当然也记得二人转身朝林子路口的黄包车走去时，身后那双怨毒的眼睛，刺得背心一片斑斓。

是对是错，她已赔上一个孩子了。真是报应。也许双方扯平了。

但菊仙太清楚了，如果三个人再纠缠下去，小楼仍是岌岌可危的。她应该来个了断！她还他，救他这次，然后互不拖欠。

菊仙拉住小楼，道：

"我和你一道去！"

小楼望着她。

"咱们去求一个人。救出来了，也就从此不欠他了。"

她挣扎着要起来：

"那把剑让我带去。"

蝶衣是法院被告栏上受审。他很倔傲，只觉给日本人唱戏出堂会不是错——他的错在"痴"。不愿记得不想提起，心硬嘴硬，坚决地答辩：

"没有人逼我，我是自愿的。我爱唱戏，谁懂戏，我给谁唱。青木大佐是个懂戏的！艺嘛，不分国界，戏那么美，说不定他们能把它传到日本去。"

完全理直气壮，一身担待，如苏三的鱼枷。

不是为了谁。

根本为自己。

这样的不懂求情，根本是把自己往死里推。

菊仙重新打扮，擦白水粉，上胭脂、腮红。绵纸把嘴唇染得艳艳的。有重出江湖的使命感。她的风情回来了，她的灵巧机智仍在。男人，别当他们是大人物，要哄，要在适当时候装笨，要求。

她抱着那把剑，伴着小楼面见袁四爷。

她知道蝶衣这剑打哪儿来。袁四爷见了剑，一定勾起一段情谊。把东西还给原主，说是怕钱不够，押上了作营救蝶衣的费用，骨子里，连人带剑都交回袁四爷好生带走，小楼断了此念，永远不必睹物思人——这人，另有主儿……

菊仙设想得美，不只一石二鸟，而且一石三鸟。

她弱质纤纤，万种温柔。仿佛回到当年盛世，花满楼的红人。旧戏新演。

袁四爷还着实地摆足架子，羞耻了段小楼一顿，以惩他不识抬举。小楼都忍了。

——谁知一切奔走求赦都不必了。

意外地，在法院中，蝶衣毋须经过任何程序，被士兵带走。

到什么地方去？

无罪，但又不放。

所有人都疑惑起来。全场哗然——这个人根本一早勾结官府！

其实他又去了堂会。国民党军政委员长官，到了北平。为了欢迎、致敬，政府以最红的角儿作为"礼物"，献给爱听戏的领袖。于是，什么法律就不算一回事了。

一时间，"程蝶衣"三个字，又逃出生天了。他的唱词，仍是"游园"、"惊梦"。"皂罗袍"：

"原来姹紫嫣红开遍，

似这般都付与断井颓垣。

良辰美景奈何天，

赏心乐事谁家院。

朝飞暮卷，

云霞翠轩，

雨丝风片，

烟波画船。

锦屏人忒看的这韶光贱。"

百年不易的词儿，诉说着得失成败，朝代兴衰。国民党的命运，中国人的风流云散……

菊仙一番铺排，怅然落空，如同掉进冰窖里。小楼身边硬是多了一个人。

菊仙的身子一直好不过来，成天卧床，有点放弃，或者以此绾住男人的心。反正说不出常理来。

蝶衣倒是前事完全不提，见二人各有所失，只得相安无事。

这天见小楼喂药，他对菊仙那么地关怀备至，一脸胡楂子。失去孩子，更心疼大人。蝶衣很矛盾地，把一网兜交给小四，里面全网住大捆大捆的钞票，小四抓药去。蝶衣表示了心意，言语上却不肯饶。他也关怀地嘘问：

"算了，这时局，孩子若下地，也过的苦日子，你还是歇着吧。"

又不怀好意：

"不然病沉了，就难好。怕是痨病呢。怎么着？"

菊仙倒是冲小楼抿着嘴儿俏俏一笑，眉梢挑起战意：

"往后，我还是要给你生个白胖娃娃！"

有意让蝶衣听得：

"唉，'女人'，左右也不过这么回事！"

非常强调自己是个"女人"。

蝶衣附和：

"谁说不是呢。"

小楼道：

"药都凉了，还吃不吃？"

"你这堂堂段老板伺候我吃药，岂不是绣花被面补裤子么？"

"对呀。可湿手抓干面，想摔摔不掉。"

贫贱夫妻鹣鲽情浓，不把蝶衣当外人。他但觉自己是天下间多出来的一个。

幸好小四回来了。

他依旧提着那一网兜的金圆券进门。蝶衣趁机解围：

"药买着了？"

小四把钞票一扔，气道：

"裕泰那老板说，这钱是昨儿的行情。今儿，不够了。"

小楼一巴掌把钞票打翻，票子满屋子乱飞。大骂：

"鸡巴中央钞票！不如擦屁股纸，真是'盼中央，想中央，中央来了更遭殃'！"

气都出在小四身上。

小四快十九了，无父无母，跟了关师父，夹磨长大，一直受气。后来跟了蝶衣，说是贴身侍儿，当的也是跟班跑腿事儿，他倾慕他，乐于看他脸色，讨他欢心，日夜相伴，说到底，也就是个小厮了。这当儿，小楼又在他身上出气。自己也是聪明伶俐大好青少年，难道天生是个受气包？一辈子出不了头？屈居人下？谁爱护过他？谁呵护过他？谁栽培过他？连蝶衣也这样说过："小四呀，你呢，还是成不了角儿啦。"

他立在原地，望着一地的几乎无用的钞票，克制住。走出去？更不堪。还是忍，衣食足，然后知荣辱。吃不饱，哪来的爱恨？

小四又环顾小楼屋子里，看有值钱的东西能进当铺？

没有。

忽见那把剑，悬在墙上。它已回来了。一样摔也摔不掉的信物。

所有人都发现那剑了。它值钱！

菊仙望向小楼，蝶衣又望向小楼，他一想，马上道：

"这家伙不能卖！"

蝶衣方吁一口气。

菊仙只想把它扔到天脚底、黄泉下。眼中闪过一丝不悦。小楼已然动身，骂骂咧咧：

"我去给裕泰说说看，妈的，救急活命的药店子，怎能如此不近人情？"

大步出去，牢骚不绝。

蝶衣趁机也去了：

"师哥——我这儿还有点零的。"

菊仙朝小楼背影扯着嗓子：

"小楼，你快点回家，别又乱闯祸了！真是，打刚认识起就看你爱打架！"

本来温馨平和的平凡夫妻生活，为了他，她什么都不在乎，只要他要她。谁知又遭打扰，无妄之灾，菊仙恨恨不已。

市面很乱。

一个女人刚买了一包烧饼，待要回家去，马上被衣衫褴褛的汉子抢去，一边跑，一边吃，狼吞虎咽。女人在后头嚷嚷：

"抢东西呀！抢东西呀！"

没人搭理。追上了，那饥饿的汉子已经全盘干掉，塞了满嘴，干哽。

黄包车上的老爷子牢牢抱着一枕头袋的金圆券，不知上哪儿去，买什么好，又不敢下车。

"吉祥戏园"早改成跳舞厅了。但谁跳舞去？都到粮油店前排着长队，人挤人，吵嚷不堪，全是老百姓恐惧的脸。

"给我一斤！二十万！"

"我等了老半天哪！"

"银元？银元收吧？"

店子一一关上门了。店主都拒客：

"不卖了！卖了买不回呀！"

路边总是有人急于把金圆券脱手：

"一箱子！整一箱子！换两个光洋！"

——没有人信任钞票了。

老人饿得半昏，他快死了，只晓得呻吟：

"我饿呀！我饿呀！"

说说已经死去，谁也没工夫发觉。

远处放了一小火，学生们又示威了。

"要民主，不要独裁！"

"反内战！"

"反饥饿！"

"中国人不打中国人！"

国民党的军警,架起水龙头向游行队伍扫射,学生们,有气无力,队形大乱。

如抓了共产党，则换作是游街和当众处决。有时枪毙，有时杀头。

久未踏足人间的蝶衣，吓得死命扯住小楼，从人堆中挤出去，逃离乱世。

拐到街道另一边，才算劫后余生。

二人衣衫也遭水龙头溅湿了。

见到角落有个寂寞的烟贩摊子，露天摆着，一个老人，满头银霜，如一条倦蚕似的蹲在旁边，老得要变成不动的蛹了。没有知觉。小楼把一沓湿透了的票子递过去，想买盒洋火。

蝶衣一瞥，怔住。

这老得不成样子的烟贩子，好生眼熟，竟是当年的倪老公！

"您？您老还认得我们么？"

他曾是他抱在怀中衔在嘴里的小虞姬呀！

倪老公抬起花浊的老眼，瞅瞅二人。

他只坚决地摇摇头，垂眼不答。

"您府上唱堂会时，我们还小，给您唱过'霸王别姬'。"

倪老公前尘不记，旧人不认：

"不认得！没办过堂会！"

他落泊了。只颤危危地把洋火卖给小楼。

此时，一群溃散的学生急急奔逃，把摊子撞翻，香烟洋火散了一地。倪老公更趁此时机，低头收拾，不要见人。

他沉吟自语，一生又过去：

"满人好歹坐了三百年天下，完了。这民国才三十来年，也完了。共产党要来了，来吧来吧！你们是共产党么？……"

蝶衣和小楼默然。

二人缓步离去，一阵空白。

蝶衣抬头，见天空又飞过一只风筝。是蜈蚣，足足数丈长呀，它仍在浮游俯瞰，自由自在。儿时所见的回魂。

小楼只忐忑地，又率直地问：

"师弟，你说，'共产党'是啥玩意？共田共地共产，会不会'共妻'？"

蝶衣望望他，没回话，再抬头，咦？蜈蚣风筝不见了。他歙歔。

"怎么没影儿了？"

"什么？"

"没什么。"蝶衣又自语，"要来就来吧。共产党也得听戏吧？"

抗战才胜利，接着又是国共内战，烽火连天，一般老百姓，只要求吃一碗饭，管谁当皇帝？但唱戏的，老吃北平已经不成了。就是梅兰芳的"天女散花"，也不能老在一个地方散呀！

段小楼和程蝶衣再跑码头去了。这回跑码头，完全是钗贬洛阳价。战火燎原，简直寸步难移，只剩得几个大城还可以跑一跑。先到沈阳，后至长春。到了长春，才唱了一天，解放军就包围此地。

不久，此地便解放了。

然后一地一地地解放了。

汉兵已略地
四面楚歌声

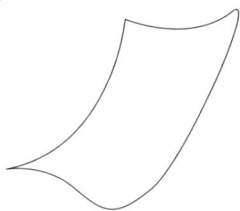

一九四九年，天桥的"天乐"，城里的"长安"、"吉祥"、"华乐"……等大戏院大剧场，又再张贴了大张大张的戏报，大红底，洒着碎金点，黑字，书了斗大的"霸王别姬"。专人还在门前吆喝："来呀，解放前最红的角儿，首本名剧，晚了就没座儿了。"票价是一毛钱。新的币制。

解放后，北平又改回前清的老名字，叫"北京"。

党很器重他俩。

往往有特别演出，诸如，"热烈欢迎解放军慰问晚会"。厢楼栏板挂满红色小旗，汇成红海。

霸王犹在兴叹，虞姬终于自刎。

只要是中国人，就爱听戏。

幕还没下，锣鼓伴着虞姬倒地。霸王悲嚎："哎呀——"

台下不作兴给彩声。

却是热烈的掌声，非常"文明"，节奏整齐、明确：

啪！啪！啪！啪！啪！

仿佛是一个人指挥出来的。

戏园子坐满了身穿解放装，秩序井然的解放军、干部、书记……

红绿一片。

单调而刺目。

蝶衣极其怀念，那喧嚣、原始、率直、恣无忌惮的喝彩声:好!好! 那纷乱而热烘烘的当年。

市面上开始了镇压反革命的运动，还是天天枪毙。中国人的血流不完。

唱戏的依旧唱戏，剧团归国营。角儿每个月有五百块人民币，分等级给月薪。生活刚安定，哥俩有如在梦中之感。

对共产党还是充满天真的憧憬。因为有"大翻身"的承诺。两位给定为一级演员呢。

"真的? 要过好日子了? "小楼道。

"很久没存过钱了。"

"我们算低了，听说最高的是马连良。"他倒有点不服气。

"有多少? "蝶衣问。

"一千七百块。"

"这么多? "

"连毛主席也比不上他呢。"

"只一个人，我够用。"

"我还得养妻，往后还得活儿——"

他踏实了，是一个凡尘中的男人。被生活磨钝了么?

蝶衣有点懊恼，怎么竟有这样的担忧? 真是。他看着师哥的侧脸，三十出头，开始有点成熟的气度，像一个守护神，可惜他守护的，是另外一个。久赌必输，久恋必苦，就是这般的心情。活像一块豌豆黄，淡淡的甜，混沌的颜色，含含糊糊。

然而现实不容许任何一个人含糊地过去。

这是一个大是大非大起大落大争大斗的新时代。一切都得昭然若揭。

当戏园子有革命活动进行时,舞台得挪出来。横布条给书上"北京戏艺界镇压反革命戏霸宣判大会"。

台上的"表演者"，尽是五花大绑，背插纸标签的镇压对象，七八个。正中的赫然是袁四爷。

从前的表演者则当上观众。程蝶衣和段小楼坐在前排。面面相觑。

大会主席在宣判：

"……反革命分子，戏霸袁世卿、丁横、张绍栋等，曾在反动军阀部下担任要职，尤其袁某，是旧社会北洋、日伪、国统时期三朝元老，此人一贯利用旧社会各种反动邪恶势力，对戏剧界人民群众进行欺榨、剥削、逼害，罪行昭著……"

蝶衣的脸忽地涨红。

他半望半窥，这男人，他"第一个"男人，袁四爷，跪在他头顶，垂首不语。他蓬头垢面，里外带伤，半边脸肿起来，嘴破了，冒血泡，白沫不由自主地淌下，眼皮也耷拉。当初他见他，一双眼炯炯有神，满身是劲，肩膀曾经宽敞。他"失"给他，在一个红里带紫的房间里——恰恰是现今他伤疼的颜色。

一定给整治得惨透了。

是以衰老颓唐得顺理成章。

他第一个男人。

"——现经北京市军事管制委员会公安局批准，判处死刑，立即执行！"

蝶衣明知是这样的下场，但仍控制不了脸色泛白。

一个很积极而热情的青年出来，带头喊口号：他是成长、前进的小四。腐败的时代过去了，他才廿岁出头，目下是翻身作主人的新天新地新希望。

他喊一句，群众随着喊一句——从未如此满足过。

"坚决拥护镇压反动戏霸！"

"打倒一切反动派！"

"人民大翻身！"

"翻身作主人！"

……

喊口号的同时，还得举臂以示激情。

小楼惊奇地看着英姿勃发的小四，又望蝶衣一下，再瞧袁四爷，过去，他是权势和财富的象征，但共产党却有更大的力量消灭一切。

袁四爷在呐喊声中，只知有恨的阶级斗争怨愤声中，被押出场外。当他经过过道时，蝶衣垂下眼，莫敢正视。

他知道，他就是这样，被干掉了，一如数不清的地主、富户、戏霸、右派、坏分子——只要不容于党的政策，全属"反革命"。

他不必听见打枪的声音，就听见幕下了。

小四兴奋的影儿罩在自己头顶上。仿佛也在暗示："你的时代过去了！"

蝶衣很迷惘地看着舞台，他的焦点无法集中。如果新人上场，那替代自己的，该不会是一直不怎么成器的小四吧？领导一声栽培新苗，也就是党的意思。才解放一两年，他们一时忖测不及。

但中央人民政府还是很支持照顾的。

都一式中山装，上学堂。

中央为了提高没读过书的工农干部、军人、工人，以及民间艺人出身的演员等文化水平，便安排他们同上"扫盲认字班"。有文化课和历史课。

一个穿列宁装的青年姑娘，也就是老师了，在黑板上教生字。她先写了个"爱"字，然后提问：

"什么是'爱'？"

一个老太太答："就是对人好。"

一个老将军答："我没有爱过，所以不明白。而且我也不认得这个字，我常常写错了，写成'受'字。"

问到蝶衣，他支吾：

"我也不认得，'爱'跟'受'总是差不多。"

老师笑起来："这'爱'怎么同'受'呢？受是受苦、受难、受罪、忍受……解放前，大伙在旧社会中，都是'受'；如今人民大翻身了，便都是'爱'。"

蝶衣只听得嘟嘟嚷嚷都是受。"心"飞到老远，使"爱"字不成"爱"。为什么没有心？

老师犹滔滔不绝：

"有父母子女的爱、兄弟姊妹的爱、朋友的爱、男女之间的爱，但都比不上党对人民的爱，毛主席对你们伟大的爱……"

然后老师又在黑板上写另一个字，这回是"忠"字。

老师又解释：

"这'忠'，是心中有这样的人或事，时刻不会忘记，不会改变，任凭发生什么大动乱，都保持一贯的态度，像你们对毛主席对党中央的忠，对学好文化的忠……"

小楼和蝶衣跟随大伙抄写这两个字，各有所思。

在解放前，日据时期，蝶衣初与鸦片纠缠不清，不是没想过戒烟，只是那时到处开设的"戒烟所"，其实骨子里却是日本人当幕后老板的膏店，戒烟的同胞跑进去，戒不成烟，瘾更深了。直至解放之后，"戏子"的地位仿佛重新受到尊重，眼前也仿佛是另一坦途，蝶衣很努力地，把全副精神寄托在新生上。

当他在扫盲认字班时，抄写这"忠"字，不由得想起那一天——

北平改回北京的名字，但天气总是不变。一进六伏天，毒辣的日头像参与了炼钢的作业，一切蒸沤沥烂，很多人待不下去，都自房中跑到院子去乘凉。

只有蝶衣，在被窝中瑟缩，冷得牙关抖颤，全身骨骼像拆散重组，回不得原位。

他在戒烟，这是第五天。

最难过是头几天。

瘾起了，他发狂地打滚，翻筋斗似的。门让小楼给锁上了，他抓门、啃地毡、扯头发、打碎所有的镜子……脸色尸白，眼眶深陷。一切恶形恶状的姿态都做过。一个生人，为了死物，痛苦万般。发出怪异的呻吟和哀求，小楼硬着心肠不搭理。

那一天蝶衣以为自己过不了这关了，总想把话囔出来：

"要是我不好了，师哥，请记得我的好，别记得我使坏！"

菊仙见戒烟之凄厉，心下有点恻然。他发不出正常的声音，鼻涕口涎糊了半脸，但她知道他永远无人知晓的心事，在一个几乎是生死关头，菊仙流露一点母性，按住痴人似的蝶衣：

"别瞎说，快好了！"

他在狂乱中，只见娘模糊的影子，他记不清认不出，他疯了，忽地死命搂着菊仙，凄凄地呼喊：

"娘呀！我不如死了吧！"

菊仙一迭声：

"快好了快好了，傻孩子！"

穷鸟入怀，猎师也不杀。

——但这澄净的片刻终于过去。

双方回复正常，还是有债。

菊仙端着一盆水，有意在门外挨延，不进来。蝶衣仍是蝶衣，她的情敌，她最爱冷看他受罪，直至倦极瘫痪。

小楼光着膀子，拎过水盆：

"咦？怎么不进去？"

菊仙道：

"待他静下来。免他在我身上出气！"

小楼先扶起蝶衣，帮他褪掉外衣，然后用毛巾拭擦汗酸，一边安慰：

"开头难受点，也算熬过去了。看，把烟戒了，可不就是新社会的新人儿啦？"

蝶衣苦笑：

"我是等你逼我才戒。"

因为是他逼的，蝶衣倒也十分地努力，好像这一逼，情谊又更浓了。也许连他也不知道，自己拼命地抽，是等待着他的不满、痛心、忍无可忍，然后付诸行动。

在这几天，他身体上的痛苦，实在不比"重拾旧欢"的刺激大。戒烟是一种长期煎熬的勾当。需要硬撑，需要呵护。蝶衣得小楼衣食上的照顾和责备，他很快乐。他觉得他的"忠"字，并没有白认。而且二人又靠得那么近乎，不比舞台上，浓烈的油彩遮盖了真面目，他发现了：

"师哥，你的脸这样粗了？"

"是吗，"小楼不经意，"开脸嘛，日久天长又勾又抹，一把把颜料盖上去，又一下一下地用草纸揉，你看那些粗草纸，蘸油硬望下擦……"

"可不是？"菊仙的声音自门边响起，"就细皮嫩肉的小白脸，也慢慢成了桔子皮了。"

她一边说，一边放下饭盒子，一件件打开来："从前还不觉得怎样，现在，哎，不消提，非要把人家的手给割伤不可。"

见菊仙笑话家常，蝶衣也在榻上有气没力地回应：

"这倒不是，师哥的脸皮一直都算粗。他小时候还长癞痢呢!这样的事你倒是不晓得。"

"真的呀？"

小楼一瞪眼：

"哪壶不开提哪壶。"

蝶衣心中有点胜意，见好不收：

"那个时候他还为我打上一架，教训师兄弟，谁知砸在硬地乱石上，眉梢骨还有道口子呢! "

末了强调：

"——这可是一生一世的事。"

菊仙伸手摸摸小楼眉上的疤，笑：

"哦？那么英雄呀! "

又向蝶衣道：

"你不说，我还真的不晓得。"

"你不晓得的，可多啦。时日短，许师哥没工夫细说你听。他呀，谁知肚子里装什么花花肠子？"

菊仙妒恨交织。都三十岁的大男人了，要怎么样才肯放手呢？成天价与小楼同进共退，分分合合。难道一生得看在小楼分上，换过笑脸么？

她只得木着脸张罗吃食：

"蝶衣，这莲子呀，'解毒'! 我给你熬了些莲子粥，还带着六必居的酱八宝，尝尝。"

小楼探首一看：

"这是什么？"

"果脯，特地买给他解馋。"

向蝶衣道：

"'嘴甜'一点的好。"

"是聚顺和的好东西——"小楼的手忽被她打了一下。

"去你的，偷？你看你的手多'脏'。拈给你，口张开！"

蝶衣心里不顺遂：什么"特地"给我买？不过是顺水推舟的人情。末了还不是你两口子吃得甜蜜？

他听不下去。

小楼嘴里含着杏脯，瞅着擦澡完了的一大堆衣服，和脏褥子堆放一旁，带点歉疚含糊地对菊仙道：

"这些个洗洗吧？"

菊仙嘟着嘴，不爱动。

小楼忙唱戏一般：

"有劳——贤妻了！"

她胜利地睨蝶衣一笑。

"就冲你这句！"

端起洗衣盆子。这回轮到菊仙见好不收了。她对小楼撒野，其实要蝶衣听得。

"我'身上那个'来了，累，你给我端出去嘛！"

蝶衣呷着莲子粥，目光流连在他那青花大花瓶，上面是冰纹，不敲自裂。

自行钟停了——原来已经很久不知有时间了。今夕何夕。

待得身子调理好，二人在前门大街中和戏院登场。

刚解放，全民皆拥有一个热切的梦，不知会有什么呢？不知会是多美？有一种浮荡的、发晕的感觉。谁都预料不到后果，所以只觉四周腾着雾，成为热潮。

戏院中除了演出京戏，还演出"秧歌剧"。那是当时文艺处的同志特别安排的节目。

当小楼与蝶衣踏入后台，已见一群新演员，都是二十岁上下，啊，原来小四也在。小四前进了。他们穿灰色的解放装、布底鞋。见了角儿，一代表上来热情地说：

"我们都是解放区来的。没经过正规训练，毛主席说：'不懂就是不懂，不要装懂。'"

领导也说：

"为了接近劳动人民，为人民服务，提供娱乐，同时也来向各位同志学习学习。"

"哪里哪里。"小楼道：

"你们有文化，都深入生活，我们向各位学习才是真的。"

小四俨然代言人：

"他们在旧社会里是长期脱离人民群众。角儿们免不了有点高高在上。"

领导和新演员连忙更热烈地握手：

"现在大家目标一致了，都是为做好党的宣传工具，为人民服务，让大家互相学习吧……"花花轿子，人抬人。最初是这样的。

因为服装道具新鲜，秧歌剧倒受过一阵子的欢迎。他们演的是"夫妻识字"、"血泪仇"、"兄妹开荒"……

台上表演活泼，一兄一妹，农民装束，在追逐比赛劳动干劲，边舞边扭边唱：

"哥哥在前面走得急呀。"

"妹妹在后面赶得忙呀。"

然后大合唱：

"向劳动英雄看齐，向劳动英雄看齐。加紧生产，努力生产！……"

小楼跟蝶衣悄悄地说：

"那是啥玩意？又没情，又没义。"

"是呀，词儿也不好听。"

"幸好只让我们'互相学习'、'互相交流'，要是让我们'互相掉包'我才扭不来。扭半天，不就种个地嘛？早晚是两条腿的凳子，站不住脚了。"

"没听见要为人民服务吗？"

"不，那是为人民'吊瘾'，吊瘾吊得差不多，咱就上，让他们过瘾。你可得分清楚，谁真正为人民服务？"小楼洋洋自得。

"嗳，有同志过来啦，住口吧！"蝶衣道。

在人面前是一个样子。

在人背后又是一个样子。

这一种"心有灵犀"的沟通，也就是蝶衣梦寐以求的，到底，小楼与他是自己人。心里头有不满的话，可以对自己人说，有牢骚，也可以对自己人发。这完全没有顾虑，没有危险，不假思索，因为明知道自己人不会出卖自己人。甚至可以为自己人顶罪，情深义长。

蝶衣温柔地远望着小楼。是的，他或他，都难以离世独存。彼此有无穷的话，在新社会中，话说旧社会。

蝶衣不自觉地，把他今儿个晚上虞姬的妆，化得淫荡了。真是堕落。这布满霉斑的生命，里外都要带三分假，只有眼前的一个男人是真,他是他生命中——最重要的男人，没有他,他或会更堕落了。

散戏之后，回到自己的屋子去，没有外人了，小楼意犹未尽：

"菊仙，给我们倒碗茶，我们才为人民服务回来。"

菊仙啐他一口："白天我们一群妇女去帮忙打扫带孩子，忙了一天。我们才是为人民服务。"

"为哪些人民？"

"工人同志，军人同志。"

"咦，他们也是为人民服务的嘛，他们不能算是'人民'。"

"那么谁是人民？"

蝶衣幽幽地在推算：

"我们唱戏的不是人民，妇女不是人民，工人军人不是人民，大伙都不是人民，全都是'为人民服务'的——哎，谁是人民？"

"毛主席呀——"

菊仙吃了一惊，上前双手捂住小楼那大嘴巴，怕一只手不管用：

"你要找死了！这么大胆！"

小楼扳开她的手："我在家里讲悄悄话，那有什么好怕？"

但是"害怕"演变成一种流行病，像伤风感冒，一下子染上了，不容易好过来。

人人都战战兢兢。不管是"革命"，或是"反革命"，这都是与"命"有关的字眼。能甭提，就甭提。就算变成了一条蚕，躲在茧中，用重重的重重的丝密裹着，他们都不敢造次，生怕让人听去一个半个字儿，后患无穷。

革命的目的是高尚的，

革命的手段却下流。

——但，若没有下流的手段，就达不到高尚的目的。广大的人民无从选择、逃避。艺人要兼顾的事也多了，除了排戏，还有政治学习，在政治课上背诵一些语录。

不过京剧演员受到的待遇算是较好了。剧团国营，月薪不低。在这过渡时期，青黄不接。革命尚未革到戏子头上来。

但戏园子却在进行改造工程。

几个工人嘭嘭作响地拆去两侧的木制楹联，百年旧物正毁于一旦。改作：

"全国人民大团结!

打垮封建恶势力!"

小四陪着剧团的刘书记在巡查,还有登记清理旧戏箱。

一九五五年,国家提出要求:积极培养接班人,发扬表演艺术。

小四把二人喊住了:

"段同志,程同志。"

蝶衣一愣,"同志"?听得多了,还是不惯。

"刘书记的动员报告大家都听了,好多老艺人已经把戏箱捐献给国家了。其中还有乾隆年的戏衣呢——"

蝶衣不语。小四一笑:

"自动自觉响应号召,才是站稳立场嘛。我记得你的戏衣好漂亮,都金丝银绣的呐!"

"捐献"运动,令蝶衣好生踌躇。这批行头,莫不与他血肉相连,怎舍得?他在晚上打开其中一个戏箱,摩挲之余,忽然他怔住了。

他见到一角破纸。

那是什么呢?

还没把戏衣小心翻起,一阵樟脑的味儿扑过来,然后像变身为细细的青蛇,悠悠钻进脑袋中,旋着旋着。蝶衣的脸发烧。

那是一张红纸。

红色已褪,墨迹犹浓。

上面,有他师哥第一次的签名。段——小——楼。

原始的,歪斜的,那么真。说不出的童稚和欢喜。第一次唱戏,第一次学签自己的名儿。如花美眷,似水流年。

蝶衣竟收藏起来,倏忽十多年。

他的思绪飘忽至老远,一下子收不回。想起小楼初学写字的专注憨样儿,忍不住浅浅地笑了。

……这般无耻，都不能感动他么？

忽地如梦初醒，忙把纸头收进箱底，石沉大海似的。他又把头面分门别类收入一只只小盒子，再把小盒子放入一只雕花黄梨木的方匣中，锁好。一切，都堆在这打开的戏箱中了。末了，戏衣头面，拴以一把黄铜锁，生生锁死。

蝶衣奋力把这戏箱曳到床底下去，以为这是最安全的地方。

——这是他一个人的紫禁城。

紫禁城。

蝶衣飞快地左右一瞥。在这样的新社会中，其实他半点安全感都没有。容易受惊，杯弓蛇影。

他一瞥，在镜子中见到一头惊弓之鸟。在昏暗、莫测的房间里头，微光中，如同见到鬼影儿，他越怕老，他越老，恐怖苍凉，真的老了。三十多了。看来竟如四十。蓦地热泪盈了一眶。

他用指头印掉未落的泪。

细致的手，惊羞的手，眼皮揉了一下，红红的，如抹了荷花胭脂。

……好日子不长。

好日子不长。

京戏逐渐成了备受攻击的目标。

大概因为搅革命不可以停顿，非得让人民忙碌起来，没工夫联想和觉悟。运动一个接一个。经常性、永久性，海枯石烂。

有人说，艺术是腐化堕落的，只能赚人无谓的感情，无谓的感情一一被引发，就危险了。对劳动的影响至大，在新社会中，劳动是最大的美德。感情是毒。

而在京戏中，不外全是帝王将相、才子佳人的故事，是旧社会统治阶级向人民灌输迷信散播毒素的工具，充满封建意识。

艺人的地位又低降了。听取党中央领导阶层的意见，戏园子改映电影、改演话剧，有的干脆关门大吉。

习惯了舞台生活的角儿，一下子闲得慌。

草地浸润在晨雾里。喊嗓声悠悠回荡在陶然亭里外。雨过了，天还没青，悲凉的嗓音，在迷茫白气中咿呀地乱窜，找不到出路。蝶衣孤寂的身影，硬是不肯回头。

社会跟班不吃那一套。他也是白积极。有戏可唱还好，但，事实上连戏园子也废了。

门开了，借着一小块的天光，把蝶衣的影儿引领着，他细认这出头的旧地，恋恋前尘。香艳词儿如灰飞散，指天誓约谁再呢喃？

此地已是坟墓般沦落了。

到处是断栏残壁，尘土呛人。不管踩着什么，都发出叹息似的怪响。"盛世元音"、"风华绝代"、"妙曲销魂"、"艺苑奇葩"……的横匾，大字依稀可辨，却已死去多年。

年已不惑的程蝶衣，倒背双手，握着雨伞，踏上摇摇欲坠的楼梯，走到二楼，自包厢看至大舞台。他见到自己，虞姬在念白：

"……月色虽好，只是田野俱是悲秋之声，令人可怕。"

大伙仍在听，都朝他死命地盯着，拼尽全力把他看进眼里、心中，无数风流，多少权贵，这不过是场美丽的噩梦。

举座似坐着鬼，是些坚决留下来的魂儿。还有头顶上，自儿时便一直冷冷瞅着他数十年的同光十三绝。鼎鼎大名的角儿，清人，演过康氏、梅巧玲、萧太后、胡妈妈、王宝钏、鲁肃、周瑜、罗敷、明天亮、诸葛亮、陈妙常、黄天霸、杨延辉等十三个角色的画像，经得起岁月的只是轮廓，后人永远不知道他们原来是什么颜色，淡印子，不走。

蝶衣也不走。

过了很久。

忽传来阵阵广播声。大喇叭：

"无产阶级文化大革命是一场触及人们灵魂的大革命！"

"触及人们灵魂！"

"灵魂！"

都向着灵魂咄咄相逼。

蝶衣不寒而栗，暂借颓垣栖身的燕子马上受惊，泼剌剌忽啦啦地扑翼翻飞。预感巢穴将倾。

蝶衣的伞儿坠地。

待他终拾回他的伞，出到门外，才不过三四点光景，天已黑了。

毛主席这样说："牛鬼蛇神让他出来，展览之后，大家认为这些牛鬼蛇神不好，要打倒。毒草长出来，就要锄。农民每年都锄草，锄掉可以作肥料……我们是一逼一捉，一斗一捉……"

从前是乱世，也不是没闲过。生活最没保障时，就只有春节、端阳、中秋等节日上座较好，其他的时间，各人四出找些小活，拉洋车、当小工、绣花、作小贩，自谋挣钱之道——但像如今这种"冷落"，却是黯无前景，伸手不见五指的政治政策上的冷落。隐隐然被推至岌岌可危的地域。

不过他们虽手无寸铁，却是最好的宣传工具。一九六五年，样板戏面世了！这千锤百炼的"样板"，一切的音乐、舞蹈、戏剧、服装、布景、灯光……悉数为一个目的服务，只消大伙分工，把它填满。

蝶衣和小楼，也被选中为样板戏演员，但他们都不是主角。不是英雄美女，才子佳人。

演出之前，没有剧本曲本，没有提纲，而是先接受教育。

晚上回去背诵。

小楼艰辛地，一字一断，背诵给菊仙听：

"——成千上万的先，先什么？先烈，为着人民的利益，在我们的前头——英勇地牺牲了。嗳？——让我们高举他们的旗帜……踏着他们的血迹——"

他拍打自己脑袋：

"他妈的又忘词了！这脑袋怎么就不开这一窍呢？多少戏文都背过了呀！"

意兴阑珊。

什么"红灯记"、什么"智取威虎山"、什么"红色娘子军"……全都是阶级斗争。

菊仙只熨贴忍耐，像哄一个顽童：

"千斤口白四两唱嘛。来，再念。"

小楼又重振雄风似的，好，豁出去，就当作是唱戏吧，不求甚解，抑扬顿挫，他有艺在身的人，就这样：

"让我们高举他们的旗帜，

踏着他们的血迹前进吧！

用毛泽东思想来武装，

以顽强的斗志，

顶恶风，战黑浪——

树立了光辉的样板！

哈哈哈！"

这法子管用！又下一城。

菊仙看着她心疼的大顽童，泪花乱转：

"小楼，好！"

听了一声彩，小楼回过一口气，又不满了：

"你说，这革命样板戏有什么劲？妈的，无情无义，硬梆梆！"

"哎，又来了，别乱说。"

菊仙又担忧地："你在外面有这样说过吗？"

小楼昂首：

"我没说什么。"

"告诉我，你说过什么？"

"也无非是点小牢骚。哦？怕噎着，就不吃饭？"

"跟谁说的？"

"小四他们吧，非要问我意见，那我明白点。"

"我有哪一天不叮嘱你？"菊仙道，"在家里，讲什么还可以，一踏出门坎儿，就得小心，处处小心——"

又再三强调：

"千万别烂膏药贴在好肉上，自找麻烦！"

"得。"小楼大声地应和，"我出事了，谁来照顾我老婆——嗳，都得唤'爱人'，真改不了口。"

"小楼——"菊仙又要止住他了。她真情流露，投入他怀中："我跟了你，不想你有什么漏子，让人抓了把柄。我不要英雄，只要平安！"

大半辈子要过去了。

是的，这个时代中再也没有英雄了。活下去，活得无风无浪，已经是很"幸运"的一回事了。不要有远大的革命理想，不要有鲜明的阶级立场，更不要有无畏的战斗风格。

不要一切，只要安度余生。

在无产阶级之中，有没有一个方寸之地，容得一双平凡的男女？平凡的男人，平凡的女人，就是理想。她甚至愿望他根本没演过霸王。

"你冷吗？"小楼陡地惊觉她在发抖。

"没有，我只是抖。"

窗外若无其事地，飘起温柔的细雨。

小楼一抬眼，故剑犹挂在墙上。他推开菊仙，拔剑出鞘。

挥动宝剑乱舞一番，只道：

"——时不利兮，骓不逝，

骓不逝兮，可奈何——"

一派壮志蒿莱，郁闷难抒。末了只余欷歔。

菊仙见那妖魔般的旧物，一语不发，把剑收好，挂回墙上。毛主席的像慈祥地瞅着他俩。菊仙只朝窗外一看：

"这几天尽下雨。"

转晴时，戏园子竟又重新修葺好了。

它换过新衣，当个新人。

舞台两侧新漆的红底子白字儿，赫然醒目，左书"文艺为工农兵服务"，右书"文艺为社会主义方向服务"，不工整，对不上。横额四个大字，乃"兴无灭资"。

一九六六年，样板戏"智取威虎山"正演到"闯入虎穴"一场。小四担演杨子荣——身穿解放军追剿队服装，站得比所有演员都高，胸有朝阳，智勇光辉，他握拳、瞪眼，眼珠子因着对党的倾心忠诚而瞪着，随时可以迸跳下台，他摆好架势，在群众面前，数落着阶级敌人种种劣迹。

程蝶衣和一众生旦净末丑，充当"群众"老百姓，他仍是不欺场地做着本分，那索然无味的本分。

杨子荣在斗争："八大金刚，无名鼠辈，不值一提——"

段小楼，他运足霸腔，身为歹角，金刚之一，于舞台一个方寸地，一句啸号，声如裂帛地吼了："宰了这个兔崽子！"

台下观众如久违故人，鼓起掌来，一时忘形，还有人叫好：

"好！这才是花脸的正宗！"

"真过瘾呐！"

杨子荣下句唱的是什么？大伙不关心了。小四照样唱了，脸上闪过一丝不悦。蝶衣没发觉。小楼也没发觉，享受着久违的彩声，劲儿来了。

　　得好好唱。对得起老婆对得起自己这半生的艺吧，只要功夫到了家，搁在哪儿都在。死戏活人唱，就是这道理。

　　菊仙在上场门外，一瞧，戏外有戏。玲珑心窍的女人，世道惯见的女人，恰恰与小四那复杂的眼睛打个照面。

　　她的心志忐跳了好几下。

　　当夜，就"自动自觉"了。

　　那时势，每个人虽在自己家中，越发畏缩，竟尔习惯了悄悄低诉，半俯半蹲，正是隔墙皆有耳，言行举止，到了耳语地步。

　　旧戏本，脸谱图册，都一页页撕下，扔到灶里烧掉。行头、戏衣，顺应号召，要上缴。跟着大队走，错不到哪儿去。

　　好好的中国，仿佛只剩下两种人民——"顺民"和"暴民"。没有其他了。

　　末了，菊仙捧出她的珍藏。是她的嫁衣。小楼见她趑趄，不舍，便一手抢过来。

　　菊仙问：

　　"这？你说——"

　　"交什么？"小楼从床底下抽出一张塑料布，"你把它包好了，藏到水缸底下面去。没事，新娘子的嫁衣，我舍得你也舍不得！"

　　"我怕呀。"

　　"别怕。有我。"

　　菊仙蹲着包裹红裳，抬起头来，目光灼灼："小楼，你不会不要我吧？"

　　小楼没回答。他拿起一瓶二锅头，倒入碗中，大口一喝。碗儿啪一声放下，酒溅洒了点。菊仙站起来，也端碗喝一口。小楼把心一横：

"要！马上要！"

"小楼，我这一阵很慌，拿东忘西。又怕你……又怕我……"她喃喃地言辞不清。忙乱地，解着小楼的衣扣。小楼解着她的。

菊仙含着泪，很激动：

"——想再生个孩子，也——来不及了！"

因着恐惧，特别激情，凡间的夫妻，紧紧纠缠，近乎疯狂。只有这样，两个人亲密靠近，融成一体，好对抗不祥的明天。

不是二锅头的醉意，是野兽的咆哮，要依靠原始的交合撞击，来掩饰不安和绝望。逃避现实。

运动来了。

无路可逃。

两人来至蝶衣宅外。小楼拍打着门。

"师弟，开开门！"

菊仙也帮个腔：

"蝶衣，我俩有话劝劝你。"

原来蝶衣在院子中晾晒行头戏衣，把自己埋在一片奇花异卉、云蒸霞蔚之中，数天不曾表态。已是最后关头了。他不交，人家也来封，派征抑或认捐，反正是"分手"之日。

他听得两口子在门外，焦虑而关怀，告诉他一句话：

"运动来了！"

"运动？"

他不清楚这是什么。外面的戏究竟演到哪一折呢？他们指的是鹿还是马？都说"从此"不再唱旧戏了，一切都无用武之地了。

是必然吗？

要不由人家毁灭，要不自己亲手毁灭。

他决意不理会门外的伉俪。他才不需要劝慰。切肤、撕皮，是自家之疼。

蝶衣缓缓地，用一把好剪子，先剪绣鞋，再剪戏衣。满院锦绣绫罗，化作花飘柳荡。任从小楼又急又气，他无言以对。

一个人，一把火，疑幻疑真。他亲自，手挥目送，行头毁于一旦，发出嘶嘶的微响，瞬即成灰，形容枯槁，永难掇拾……

他痛快，觉得值！

喉头干涸，苍白的脸异样地红——我就是不交！我情愿烧掉也不交！

辜负了师哥的关怀了，他不听他的。若果他一个人来劝，他也许打开了门，容他加入，二人赏火去。他有伴儿，就拒诸门外算了。

微风吹卷，蝶衣嗅到空气中苦涩而刺鼻的味儿，戏衣有生命，那是回集体的火葬。

——但，不过一回小火。

今天，剧团全体人员在会议室上学习班，学习毛主席对文艺界的批示。人人都是解放装，再无大小角儿分野，庄严肃穆认真地坐好，手持一本语录，一本记事簿，这是一向以来的"道具"。

但这不是一向以来的学习。

剧团书记慷慨陈辞：

"咱剧团演的是革命样板戏，不是旧戏，不能像旧社会般，灌输迷信，散播毒素，标榜身价——"

书记一瞥小楼。他不知就里，只稳当地坐着，又一瞥小四，小四若无其事。他便继续往下说了：

"最近，有人在闹个人英雄主义，演土匪，念白震天价响，淹没正面人物的光辉形象，这是在演出江青同志亲自领导加工修改的

'智取威虎山'时，抵触了无产阶级文艺路线的立场问题。"

他厉声一喝：

"段小楼！"

小楼越听越不对劲，冷汗冒了一身。山雨欲来风满楼。末了终于正面把他给揪出来。

"你认识自己问题的严重性吗？你对大伙说说你的居心何在？"

全体人员一起望向段小楼。

蝶衣怔住——他以为那挨批的是自己，谁知是小楼出事了。

小楼只觉无妄之灾，又气又急，脖子粗了，连忙站起来自辩，理直气壮：

"咱们唱戏的，谁不知道只有'卯上'了，才能发挥水平？我给杨子荣卯卯劲，好烘托他呀。台上这二亩三分地，比着来才出好庄稼，怎么错了？……"

"段小楼，你种过地么？你是无产阶级的农民么？你配打那样的比喻？——"

小楼张口结舌，又一项新罪名？

他呆站着。冷汗汇流成河。

那么高个子，一下子矮了半截。

君王意气尽
贱妾何聊生

不知道是小楼讲错了一句话，世上才有文化大革命？抑或有了文化大革命，世上人人都曾经讲错了话？

总之，用毛泽东思想武装起来的革命文艺工作者，以顽强的斗志，顶恶风，战黑浪，在他们脚底下，但凡出言不逊，都成了"刘少奇的同伙"。

打倒！

打倒！

打倒！

一切封建余孽，旧文化、旧习惯、旧风俗、旧传统……破四旧，立四新。

这时，广播声震撼汹涌，播音员播送文化大革命的纲领，淹没每个人的心跳，淹没每个人的心声。连书记也惊愕地抬头，他对别人的批斗才刚开始，他的权力初掌，新鲜而庄重，但，一场浩大的运动，难道连他也淹没吗？

蝶衣和小楼异常匆促地对望一下，不寒而栗。他们都再没机会自辩了。

"革命不是请客吃饭，

不是作文章，

不是绘画绣花，

不能那样雅致,

那样从容不迫,文质彬彬,

那样温良恭顺,

革命是一个阶级推翻另一个阶级的暴烈行动……"

广播很响亮,诵读毛语录的小伙子是个材料,嗓子很好。

中国历来注重音响效果。

承平盛世有敲击乐,英雄末路四面是楚歌,运动展开了,便依仗大喇叭来收"一统天下"的奇效。

建国以来,最深入民间最不可抗拒的传播工具,便是大喇叭,它们永不言倦,坚决不下班。发出一种声音,永垂不朽。

即使人民的听觉训练有素,有时,亦半个字儿也听不清。它轰天动地价响着,妖媚、强悍、阿谀、积极、慷慨、哀伤、亢奋……百感交集,像集体销魂的嘶叫。

"做毛主席的好学生!"

"永远跟着毛主席走!"

都是革命小将呢。

年岁稍长的,成了反革命。孩子才是革命派。孩子不上课了,一伙一伙,忙于抄家、批斗……真是新鲜好玩的事,而且又光荣,谁不想沾沾边儿?

领头的都是十来岁的红卫兵,不管是北京本土的,或是省外来的,随时随意,把人们家当砸烂、拿走。一来一大群。蝗虫一般。

黑帮挨整,黑帮家属扫街去。

如果你没有亲身经历过这么多人的场面,永远不相信,"人"是那么地令人吃惊。他们甚至是不言不动,不带任何表情,光瞪着你,也是可怕的。人海是可怕的。即使全都是小孩,小到像每个被斗者家中的小儿女。

这些小将,被背后的大人重新换血,才懂得以"十六条"为指针,才敢于斗争。

一切是如何发生的呢?

大家都懵然不知,据说只不过是某一天,清华大学附属中学的墙报栏上,张贴了张小字报,说出"造反精神万岁!"这样的话,整个的中国,便开始造反了。连交通灯也倒转了,红色代表前进。

历史的长河浪涛滔滔,各条战线莺歌燕舞……作为旧社会坐科出身的戏子,他们根本不明白。

现在,又是一个宁静的夜晚。他们日间被批判,夜里要检讨。检讨得差不多,便罚抄毛主席的诗词。

"钟山风雨起苍黄,

百万雄师过大江,

虎踞龙盘今胜昔,

天翻地覆慨而慷,

宜将剩勇追穷寇,

不可沽名学霸王,

天若有情天亦老,

人间正道是沧桑。"

蝶衣对整阕的词儿不求甚解。只见"霸王"二字,是他最亲热的字。

钢笔在粗劣的纸上沙沙地刮着,发出令人不舒服的声音。他在罚抄,小楼也在罚抄。

只要菊仙不在,他马上忘记了这女人的脸,他但愿她没出现过。如果世上没有她,他便放心。

像今晚。

学校因学生全跑去革命了,空置出来,被征用作"坦白室"。

他向自己坦白。若一切净化了，种种不快由它成为沉淀的渣滓。他享受此刻：段小楼，谁也别想得到他！嘿嘿！

小楼四十九岁了。

他已是一个迟暮的霸王。在蝶衣心中，他永远是一个样儿，他把他整个凝在盛年了。永远不算迟。

他们在抄，在写，在交代。一笔一划，错的字，错的材料，错的命运。

稍一分神，便被背后的小孩子又打又踢，喝道："写！写你们怎么反革命！老老实实交代！再不用心，罚你们出去晒太阳，跪板凳！"

"游行耍猴去！起来起来！"

一时兴到，红卫兵把他们揪出来，敲锣打鼓游街去。

"三开艺人"：日治期、国民党及共产党时皆吃得开的角儿，所受侮辱更大。不过，说真格的，二人又再紧密合作了。

一九六六年，这个人人永志不忘的年份。

正是八月暑天，游街的行列中，有生、旦、净、末、丑。像演着一台热热闹闹的戏。

被揪出来的人首先得集体粉墨扮戏，全都擦上红红白白的颜色，夸张、丑化，现出"牛鬼蛇神"的原形。

小楼的手和笔尖在颤抖着，勾出不成形的霸王脸，黑白是非都混沌。蝶衣呢，他又登场了，白油彩，红胭脂，眉是眉，眼是眼，眯瞙着，眼窝那两片黑影儿，就像桃叶，捂住他，不让他把眼睛张开。

他敏感的手，明白自己的皮肤没弹性了，失去了光辉。如果现今让他歇一歇，枕在臂上好歹假寐个半天，衣袖上的皱折，一定刻在脸皮上，久久不散——他回不了原状了。

但只见他定一定神，仍是如花似玉。他没有欺场，是戏，就得做足。

他在人群里，牛鬼蛇神影影绰绰中，如穿帘如分水，伸手取过小楼的笔儿：

"给你勾最后一下。"

跟很久很久很久之前一样。

他的断眉。

都是皮相。

小楼呆住了。

但游街马上开始了。每个穿着戏服的小丑，千古风流荟萃。关公、貂蝉、吕布、秦香莲、李逵、高登、白素贞、许仙、包青天、孙悟空、武松、红娘……还有霸王和虞姬。

一辆宣传车开路，红卫兵押送着，锣鼓夹攻。走不了两步，必被喝令：

"扭呀！不然砸断你的狗腿！"

"翘起兰花手来瞧瞧！臭美！"

"拉腔呀！扮牛叫！哞！哞！"

炎阳炽烈，臭汗混了粉墨，在脸上汇流，其稠如粥。整个大地似烧透了的砖窑，他们是受煎熬的砖。

"打倒文艺毒草！"

"连根拔起！"

"文化大革命万岁！"

"毛主席万岁！"

"毛主席万岁！"

还没喊完，忽闻前面人声鼎沸，不久轰然巨响，一个女人跳楼了。她的一条腿折断，弹跳至墙角，生生地止步。脑袋破裂，地上糊了些浆汁，像豆腐一样。血肉横飞，模糊一片。有些物体溅到蝶衣脚下，也许是一只牙齿，也许是一节断指。他十分地疲累，所以无从深究。

是这样的：北京女十五中的红卫兵小将查抄一个小说作家的老窝，已是第三遭，就在清查"赃物"，搜集反动罪证时，这个平日温文尔雅的好好先生，气力仅足以提起笔杆的写作人，蓦地抄起一把菜刀，疯狗似的扑过来，见人便砍，见人便砍。接着冲下楼梯，连人带刀仆在一个十二岁的革命小将身上。

他们的女领队，狂喊一声：

"敌人行凶了！战友们，冲呀！"

是的，他们以毛泽东思想的精神武器，面对一切反抗的力量。英勇上前，活活把他一双手臂都拗断了，发出嘎嘎嘎的声音。

作家的老婆歇斯底里，又抢起一根扫帚，企图抢救。不过一大群十来岁的毛头，锐不可当，把她逼到楼上，一层又一层。到了最高层，她无路可逃。一个家庭主妇，便只好耸身跳下来。没有了双手的作家，看不到这一幕惨剧。他早已昏死了。

蝶衣和小楼，木然地注视这台戏。

"古人"们在赤日下，人人步履慌乱。

小楼轻喟：

"唉，此乃天亡我楚，非战之罪也。"

蝶衣悄道：

"兵家胜败，乃是常情，何足挂虑？"

红卫兵见二人交头接耳，一记铜头皮带抽打过来，蝶衣珠钗被砸掉。

他只下意识伸手去拾。手背马上被踩一脚。几个女将向他脸上吐口水唾沫，骂：

"妖孽！走！不准拾！"

小楼见状，一时情急，欺身上前挡一挡，唾沫给溅到他脸上去了，如流。他用臂拭去污物，用力了一点，此举触怒了红卫兵，一齐把他双臂反剪，拳打脚踢。

蝶衣忘形：

"师哥！"

小楼忙用眼色止住他，示意别多事，便忍疼收受了孩子的拳脚。蝶衣恐怖地看着那批红卫兵，都是母生父养，却如兽。

也许是被弃掉的一群，当初那个血娃娃，她死了，轮回再来，长大后，一心整治他。是其中一个？面目看不清楚，但整治小楼，等于双倍对付他。蝶衣挤过去，硬是接了几下，一个跟跄趴倒在地。

尊严用来扫了地。

他几乎，就差一点点，沾到珠钗的影儿，它被踩烂了。

傍晚。

门外飞跑进来菊仙，她还挂着"反革命黑帮家属"的大牌子，扫完街，手中的扫帚也忘了放下。

进门就喊：

"哎呀——小楼！"

赶忙帮他褪汗衫，却被血黏住，凝成一块黯红的狗皮膏似的，得用剪子，一绺绺慢慢地剪开来。不能用强，因为伤口连布纠结了，热水拭了拭，菊仙心疼，泪汪汪。滴进热水中。

小楼兀自强忍，还道：

"这点皮肉，倒没伤着我。可恨是拿人不当人，寻开心，连蝶衣这样，手无缚鸡力气，都要骑在他头上拉屎似的——"

"你呀，这是弹打出头鸟！"菊仙恨，"招翻了，惹得起吗？"

末了，一定得问个究竟。

"就只晓得为他？有没有想过，要真往死里打了，撇下我一个！"

说着用力一搨，小楼急疼攻心。菊仙不忍，按揉伤处。

"要不是想想你在，真会拼掉他两三个算了！"

"千万别——"

正耳语着，不知人间何世。外面冲来一群红色小将，哗啦撞开了门。

其实，夜色未合，拍门撞门声已经此起彼落了，不管轮到谁，都跑不掉。到处有狰狞的怒斥，他们捣毁、砸烂、撕碎……最后焚烧，是必然的功课——除非见到中意的，就抄走，由造反派分了。

红卫兵抄家来了。

先封锁门窗，然后齐拿起语录本。为首的一个，看来不过十四五，凶悍坚定，目露精光。领了一众念语录：

"凡是反动的东西，扫帚不到，灰尘照例不会自己跑掉！"

他吩咐：

"来！同志们！我们来扫！"

于是翻箱倒柜。见什么毁什么。

最痛快是击碎玻璃，声色俱厉，铿锵而奏效，镇住不甘心的阶级敌人。

这一家，没字画，没古董，没书，没信……这是一个空架子。也得砸！

小楼紧捏着菊仙的手，二人并肩呆立着。他另一只手，握拳透爪。

咦？

一把剑。

一个红卫兵见到那把剑。

它挂在墙上。

毛主席像旁边。

所有人刷地转头仇视着段小楼。本来怅怅落空的脸重新燃烧起来了，他们抓到把柄了，好不兴奋。像饿了四五天的人忽地挟着一块肉骨头，生生按捺了欢欣，换过张夺命催魂使者的宝相，嗓音拔尖了好多。

怪笑：

"啊哈，这剑是谁的？"

未及作答。

夜更深沉了。如无底的潭。

京城中没一个能够好好熟睡的人——整个中国也没有。

黑暗迎头盖面压下来。两个红卫兵灵机一动，商议一下，马上飞奔而出，任务伟大。

蝶衣被逮来了。

三个人，被命令并排而立。

冷汗在各人身上冒涌淋漓，都呆立不动。掂量着该怎么应付？

首领怒问：

"说！这剑分明是反革命罪证，大伙瞧着了，搁在伟大领袖毛主席身畔，伺机千斩万剐——"

小楼一瞥菊仙，蝶衣看住他，三个人脸色陡地苍白，在荒黯的夜晚，白得更白，如僵死的蚕，暴毙的蜈蚣，再多的肉足，都走不了。

——这可是滔天之罪呀。

"不！"菊仙尖叫着。

"是谁的剑？"

菊仙为了保护她的男人，在自己的屋子里，搜出反革命罪证，小楼怎么担待？他已经一身里外的伤了。菊仙一点也没迟疑，直指蝶衣：

"这剑是他的！"

她悲鸣呻吟：

"不是小楼的！是他的！"

小楼一听，心情很乱，不由自主地身子一挺："是我的！"人硬声音软。

菊仙急了，心中像有猫在抓，泪溅当场。她哀求着：

"小楼，咱们要那把剑干什么？有它在，就没好日子过！"

一个红卫兵上来打了她一记耳光。她没有退避。她忘了这点屈辱，转向蝶衣，又一个劲儿哀求：

"蝶衣，你别害你师哥，别害我们一家子！"

她毫不犹豫，没有三思，在非常危难，首先想到的是袒护自己人。油煎火燎，人性受到考验——不是你死，就是我亡。

蝶衣两眼斜睨着这个嘴唇乱抖的女人，他半生的敌人，火了。他不是气她为小楼开脱，他是压根儿不放她在眼内：

"什么一家子？"

蝶衣瞥瞥那历尽人情沧桑的宝剑，冷笑一声：

"说送师哥剑的那会儿，都不知你在哪里？"

蝶衣转脸正正向着红卫兵们说：

"送是我送的。挂，是她挂的。"

他一手指向菊仙，坚定地。

小楼拦腰截断这纠葛，一喝：

"你俩都不要吵，是我的就是我的！"

"哦？"一个红卫兵抬起下颏，"你硬？"

有人抬来几大块砖头。又把小楼推跌。

"黑材料上说，这楚霸王呀，嗓子响，骨头硬，小时候的绝活是拍砖头呢。"

"好，就看谁硬！"

首领拎起砖头，猛一使劲，朝小楼额上拍下去。菊仙惨叫："小楼！不不不！是我——"

蝶衣惊恐莫名。

他年岁大了，不是铜头铁骨，快五十的人，蝶衣热泪盈眶。他不再是天桥初遇，那什么人事都未经历过的，从石头里钻出来的，一块小石头。风吹雨打呀。

只见小楼吃这一下，茫然失神的脸上，先是静止，仿似安然，隔了一阵，才淌下一股殷红的鲜血……

砖头完整无缺。小楼强撑，不吭一声。

——但，

他老了。英雄也迟暮了。终于头破了。

本来傲慢坚持的蝶衣，陡地跪倒地上。

菊仙屏息。小楼用血污所遮的双目看他。他连自尊都不要？下跪？于此关头，只有哀恳？

"我认了！请革命小将放过段小楼。"

蝶衣跪前，借着取剑，摩挲一下。然后把心一横，闭目，猛地扔在地上：

"是我的错！"

菊仙愕然望向蝶衣。他望向小楼。

蝶衣只觉万念俱灰。但为了他。他终别过脸去，一身抖索，非常不舍。

他既承担了，菊仙衷心地如释重负，也许人性自私，但她何尝不想救小楼？此刻她是真诚地，流着泪：

"蝶衣，谢谢你！"

蝶衣凄然划清界线，并无再看她一眼。目光流散至遥远，只对半空说道：

"我是为他，可不是为你。"

小楼激动得气也透不过，暴喝一声，直如重上舞台唱戏，他的本色，他的真情。

"你们为什么要胡说！欺骗党？我一人做事一人当！"

他不要倒下。

还是要当"英雄"。

动作一大，鲜血又自口子汩汩流了一脸。他像嗜血的动物，嚎叫："我这就跟你们走！"

他背影是负伤的佝偻，离开自己的家。

何去何从？

如同所有欲加之罪，何患无辞的"坏分子"们，接受单位造反派的审问。

又是主角了。

一代武生坐在一把木椅子上，舞台的中央，寂寞而森严。两盏聚光灯交叉照射在他的粗脸上。他有点失措，如新死的魂，乍到阴间玄界，不知下一站是什么？

审问者的声音坚冷如锋刃，发自头顶、上方，仿似天帝的盘诘。

问的不止一人。

轮着班。每回都是新鲜壮悍的声音。小楼一个对付一众。自科班起，旧社会的陋习、嫖妓的无耻，同谁交往？有什么关系？年？月？日？……

记不清的小事，得一一交代。

经一道手，剥一层皮。

小楼的个性，遭疲劳轰炸而一点一点地消灭了——只想倒下去，睡一下，明天回到群众中，当顺民。

到了第三天。

聚光灯又移得更近。小楼脸上已煞白。

"你说过要把八路怎么怎么的话没有？"

"没有。"

"好好想一想。"

"没有，想不起来。"

"你说过要打八路军么？"

"一定没有！肯定没有！"

"你就爱称霸，当英雄，怎么肯那么顺毛？"

"解放了是咱们的福气。"

"那你干嘛处处跟毛主席作对？"

"我怎么敢……"

"你攻击样板戏！搞个人英雄主义！还用破剑来阴谋刺杀毛主席宝像！毛主席教你'不可沽名学霸王'，你不但学足了，还同你老婆联同一气反革命！"

"——我没——"

突然数十盏聚光灯齐开，四面八方如乱箭穿心，强光闪刺，小楼大吃一惊，张目欲盲，整个人似被高温熔掉。

几个，或十几个黑影子，人形的物体，拳打脚踢，皮鞭狂抽，一个拎来一块木板，横加他胸前，然后用皮带和锤子乱击。人体和凶器交织成沉闷、黯哑的回响，肝胆俱裂。

"好好交代！"

"……"

"不招？"

小楼不成人形了。

从来不曾倒下的霸王——孩提时代、日治时代、国民党时代……都压不倒的段小楼，终受不了，精神和肉体同时崩溃。

他什么也认了：

"是！我是毒草，牛鬼蛇神，我思想犯了错误，对不起党的栽培，冒犯了伟大领袖毛主席他老人家……我……我有罪！我有罪……"

急得双眼突出，耗尽力气来践踏自己：

"我是人模狗样！"

他交代了。

仍是其中一间课室，仍是"坦白室"，举国的学校都是"坦白室"。

静。

地上墙角也许残存从前学生们削铅笔的木刨花，是蒙尘的残废的花。

教师桌旁坐了妇宣队的人，街坊组长也来了，干部也上座。

下面坐了菊仙。

一个中年妇女，木着脸道：

"这是为他，也是为你。"

菊仙紧抿嘴唇，不语不动如山。

干部转过头，向门边示意。

蝶衣被带进来。

他被安排与菊仙对面而坐，在下面，如两个小学生。

二人都平静而苍白。

蝶衣开腔了：

"组织要我来动员你，跟小楼划清界线。我们——都是文艺界毒草，反革命，挨整。你跟他下去——也没什么好结果——"

蝶衣动员时有点困难。他的行为是"拆散"，但他的私心是"成全"。或是，他的行为是"成全"，他的私心是"拆散"。他分不清，很矛盾。反而充满期待。

他瞅着菊仙的反应。胜券在握。

干部主持大局：

"菊仙，你得结合实际情况，认清大方向，作出具体抉择！你不划清界线，跟段小楼分开，往后是两相拖累。"

妇宣队长沉着脸问：

"你的立场是不是有问题！"

女人逼害女人，才是最凌厉的。

蝶衣忽然满怀企盼：她就此答应了。

他等了好久，终于是国家代他"出头"！

是的。国家成全了蝶衣这个渺渺的愿望啊。如果没有文化大革命，为他除掉了他俩中间的第三者，也许他便要一直地痛苦下去。幸好中国曾经这样地天翻地覆，为了他，血流成河，骨堆如山。一切文化转瞬湮没。

他有三分感激！

身体所受的苦楚，心灵所受的侮辱，都不重要。

小楼又只得他一个了。

他这样逼切地得回他，终于已经是一种负气的行为了。

最好天天有人来劝来逼，她妥协了，从此成了陌路人……呀，蝶衣盼的就是这一天！

他偷偷地，偷偷地泛起一朵奇异的笑。生怕被发觉，急急止住。

菊仙意外地冷静：

"我不离开他！"

她不屈地对峙着。蝶衣望定她，淡淡地：

"组织的意思你还抗拒？"

菊仙浅笑：

"大伙费心了，我会等着小楼的。"

她眼风向众人横扫一下，挺了挺身子，说是四十多的妇人，她的妩媚回来了：

"我不离婚。我受得了。"

她诚恳而又饶有深意地，不知对谁说：

"我是他'堂堂正正'的妻！"

蝶衣如遭痛击，怔坐。

课室依旧平静如水。

标语写着："坦白从宽，抗拒从严"。

恨难消，怨不散。她当头棒喝一矢中的。不留情面，"堂堂正正"！

他俩都打听得一清二楚，知己知彼。二人此刻相对，泪，就顺流而下——最明白对手的，也就是对手。

最深切了解你的，惺惺相惜的，不是朋友，而是敌人，尤其是情敌！

干部朝菊仙厉声一喝：

"你偏生要跟党的政策闹对立？"

转向蝶衣：

"程蝶衣，你明儿晚上好好划清界线！"

明儿晚上？

又回到祖师爷的庙前空地了。

多少美梦从这儿开始，又从这儿结束。

焚烧四旧批斗大会的"典礼"。

角儿们又再粉墨登场，唱那惨痛的戏。四旧都堆积成一座缤纷的玲珑宝塔：戏衣、头面、剧照、道具、脂粉、画册、曲本……全都抄出来，里头有着一切旧故事、旧感情。

——盛大辉煌的了断。

在一个凄凄艳红的晚上。

火焰熊熊烈烈，冲天乱窜，如一群贪狼饿狗的舌。刮嚓刮嚓地啸着。炽腾点缀夜色，千古风流人物的幢幢身影，只余躯壳，木然冷视着烈焰。求也无用，哭也无用，笑则是罪。

都得"亲手"扔进火海。各人为各人作华丽的殉葬。

汗迹彩墨，随着绫衣锦缎灰飞，一起熔化。人人面目全非。

"国际歌"响彻，朗朗的歌声：

"……旧世界打得落花流水。

……

不要说我们一无所有，

我们要做天下的主人……

英特纳雄耐尔就一定要实现！"

轮到两个红角儿"互相批斗"，"互揭疮疤"的节目了。

红卫兵的首领一宣布，大伙轰地鼓掌鼓噪。他一扬手，喊道：

"我们要这两株大毒草，把丑恶的嘴脸暴露在群众脚下！"

小楼和蝶衣二人，被一脚踢至跪倒，在火堆两边。在绿军装、红领巾，缠了臂章的娃儿控制下。

暴喝如雷：

"你先说！"

一件霸王的黑蟒扎靠在烈焰中，化为灰烬。他的大半生过去了。他连嗓子也被打坏了，是一块木板，横加胸前，然后皮带和锤子乱击……是那几十下子，他再也唱不了。

"说！"

红卫兵见他呆呆滞滞，在背上狠踢一记。段小楼，曾是铁铮铮一条汉子呀，目下就这样，被小娃娃诸般刁难羞辱。形势比人强。

他只好避重就轻，沙哑地道："程蝶衣这个人，小时候已经扭扭捏捏，在台上也很……妖艳。略为造作一点。"

蝶衣无奈也吞吞吐吐："段小楼第一次开脸时，就舍不得把头发剃光，留着马子盖，瞻前顾后，态度不好。"

首领怒斥：

"呸，揭大事儿！"

小楼望望蝶衣，他会明白的他会明白的。也就继续找些话儿说了："程蝶衣一贯自由散漫，当红的时候，天天都睡大觉，日上三竿才起来。"

他们又指着蝶衣："你揭他疮疤去！"

蝶衣也望望小楼，他会明白的他会明白的。也开口了："他赌钱，斗蛐蛐儿，玩物丧志，演戏也不专心，还去逛窑子！"

一记铜头皮带劈头劈脑打下去。欲避不避。二人都带伤。

"这么交代法？你俩要不划清界线，我怕过不了今儿这门！说！"

小楼只能再深刻一点了：

"他唱戏的水牌，名儿要比人大，排在所有人的前边，仗着小玩意，总是挑班，挑肥拣瘦！孤傲离群，是个戏疯魔，不管台下人什么身份，什么阶级，都给他们唱！"

说得颇中他们意了：

"他当过汉奸没有？慰劳过国民党没有？"

"……"

"坦白从宽，抗拒从严！"

"……他给日本人唱堂会，当过汉奸，他给国民党伤兵唱戏，给反动派头子唱戏，给资本家唱给地主老财唱给太太小姐唱，还给大戏霸袁世卿唱！"

一个红卫兵把那把反革命罪证的宝剑拿出来，在他眼前一扬：

"这剑是他送你吗？是怎么来头？"

"是——是他给大戏霸杀千刀袁四爷当……当相公得来的！"

"小楼！"

一下悚然的尖喊，来自垂手侧立一旁接受教育的黑帮家属其中一个，是菊仙。

　　所有人都大吃一惊。

　　他把蝶衣终生不愿再看一眼的疮疤，猛力一揭，血污狼藉。

　　"啊哈！"那小将冷笑，"虞姬的破剑，原来那么臭！"

　　他把它一扔，眼看要被烈焰吞噬了。

　　意外地，蝶衣如一只企图冲出阴阳界的鬼，奋不顾身，闯进火堆，把剑夺回来，用手掐熄烟火。他死命抱着残穗焦黄的宝剑不放，如那个夜晚。只有它，真正属于自己，一切都是骗局！他目光如蛇蝎，慌乱如丧家之犬，他石破天惊地狂喊：

　　"我揭发！"

　　他诉冤了：

　　"段小楼！你枉披一张人皮！你无耻！大伙听了，他的姘头，是一个臭婊子，贪图他台上风光，广派茶叶，邀人捧场，把他搅弄得无心唱戏，马虎了事。就是那破鞋，向他勾肩搭背，放狐狸骚，迷得他晕头转向……"蝶衣越说，越是斗志昂扬。他忘记了这是什么时空，什么因由，总之，这桩旧事，他要斗！他要让世上的人都知道："那破鞋，她不是真心的！"

　　两个红卫兵马上把菊仙架来，三人面面相觑。

　　蝶衣难以遏止：

　　"千人踩万人踏的脏淫妇！绝子绝孙的臭婊子！……她不是真心的！"

　　"她是真心的！"小楼以他霸王的气概维护着，"求求你们放了菊仙，只要肯放过我爱人，我愿意受罪！"

　　蝶衣听得他道"我爱人……"，如遭雷殛。

　　他还是要她，他还是要她，他还是要她。

蝶衣心中的火，比眼前的火更是炽烈了。他的瘦脸变黑，眼睛吐着仇恨的血，头皮发麻。他就像身陷绝境的困兽，再也没有指望，牙齿磨得嘎吱地响，他被彻底地得罪和遗弃了！

"瞧！他真肯为一只破鞋，连命都不要呢！他还以为自己是真真正正的楚霸王！贪图威势，脱离群众，横行霸道，又是失败主义，资产阶级的遗毒……"

小楼震惊了：

"什么话？虞姬这个人才是资产阶级臭小姐，国难当前，不去冲锋陷阵，以身殉国，反而唱出靡靡之音，还要跳舞！"

红卫兵见戏唱得热闹，叫好。

蝶衣开始神志不清："虞姬不是我！霸王心中的虞姬不是我！你这样地贪图逸乐，反党反社会主义，歪曲农民革命英雄起义形象……他温情主义，投降主义，反革命反工农兵。他是黑五类，是新中国的大毒草！他有一次还假惺惺嬉皮笑脸问：共产是啥玩意？是不是'共妻'……"啊当年一句玩笑。

蝶衣如此卖力，不单小楼，连革命小将也愕然了，他真是积极划清界线呢，一丝温情都渗不进他铁石心肠中了。他英勇，凶悍，他把一切旧账重翻，要把小楼碎尸万段而后已。

小楼瞪着双目，他完全不认识蝶衣，和蝶衣口中的那个人。他们自很小很小就在一块了，为什么这般陌生？

——蝶衣一生都没讲过这么多的话！

大伙恐怖地望着他。

他意犹未尽，豁上了。指着菊仙：

"还有这脏货，目中无人，心里没党，恶意攻击毛泽东思想，组织动员她，一点也不觉悟，死不悔改！"

蝶衣激动得颤抖，莫名地兴奋，眼睛爬满血丝，就像有十多只红蜘蛛在里头张牙舞爪，又逃不出来：

"我们要把这对奸夫淫妇连根拔起，好好揪斗！斗他！狠狠斗他！斗死他！……"

蓦地，他住嘴了。

在烈火和灰烟中，他看到小楼一张脸，画上他也看不明白的复杂的表情。但隔得那么远，楚河汉界，咫尺天涯。

一不小心，一切都完了。

蝶衣蓦地住嘴，不断喘气，灵魂沸腾，再也说不上什么。即便自他天灵盖钻一个洞，灌满铁浆，也没这样地滚烫痛楚过。

狠狠斗他？斗死他？

不！

不不不不不！

二人隔火对峙，太迟了，一切都迟了。

言犹在耳，有力难拔。

蝶衣惊魂未定。菊仙冷峻的声音响起来。她昂首：

"我虽是婊子出身，你们莫要瞧不起，我可是跟定一个男人了。在旧社会里，也没听说过硬要妻子清算丈夫的，小楼，对，我死不悔改，下世投胎一定再嫁你！"

红卫兵见这坏分子特别顽强，便用口号来压她：

"打倒气焰高张的阶级敌人！"

"敌人不投降，就叫他灭亡！"

"剃阴阳头！"

菊仙被揪住，一人拎刀，头发被强行推去一半，带血。她承受一切。

首领骂：

"妈的，那么顽劣，明天游街之后，得下放劳动改造！"

眼瞅着菊仙被逮走，小楼尽最后一分力气，企图力挽狂澜：

"不！有什么罪，犯了什么法，我都认了！我跟她划清界线，我坚决离婚！"

菊仙陡地回头。大吃一惊。

小楼凄厉地喊：

"我不爱这婊子！我离婚！"

菊仙的目光一下子僵冷了，直直地瞪着小楼，情如陌路。为什么？为什么？为什么？

蝶衣听得小楼愿意离婚，狂喜狂悲。毛主席说过："世界上没有无缘无故的爱，也没有无缘无故的恨。"——不不不，他错了，爱是没得解释的，恨有千般因由。伟大的革命家完全不懂……

蝶衣尖叫：

"别放过她！斗死这臭婊子！斗她！"

他没机会讲下去。

人群中冒出一个黑影儿。

"程蝶衣，你就省着点吧。还瞧不起婊子呢！你们戏子，跟婊子根本是同一路货色。红卫兵革命小将们听着啦，这臭唱戏的，当年呀，啧啧，不但出卖过身体，专门讨好恶势力爷们，扯着龙尾巴往上爬，还一天到晚在屋子里抽大烟，思春，淫贱呢，我最清楚了。他对我呼三喝四，端架子，谁不知道他的底？从里往外臭……"

蝶衣费劲扭转脖子，看不清楚，但他认得他的声音：

"靠的是什么？还不是屁眼儿？仗着自己红，抖起来了，一味欺压新人，摆角儿的派头，一辈子想骑住我脖子上拉屎撒尿地使唤，不让我出头。我在戏园子里，平时遭他差遣，没事总躲着他。我就是瞧不起这种人！简直是文艺界的败类，我们要好好地斗他！"

小四！

这是他当年身边的小四呀！

他为了稳定自己的立场，趁势表现，保护自己，斗得声泪俱下，苦大仇深。

大伙鼓掌、取笑、辱骂、拳打脚踢。口涎黄痰吐得一身一脸。

火舌哔哔地伴奏。

蝶衣从未试过这样的绝望。

他是一只被火舌撩拨的蛐蛐，不管是斗人抑被斗，团团乱转，到了最后，他就葬身火海里。蓦然回首，所有的，变成一撮灰。

他十分地疲累，拼尽仅余力气，毫无目标地狂号：

"你们骗我！你们全都骗我！骗我！"

他一生都没如意过。

他被骗了！

"文化大革命万岁！"口号掩盖了他的呼啸。

小四把他怀中的剑夺过，恭恭敬敬地交给红卫兵：

"小将们，这破剑，就是反革命分子的铁证！"

首领振臂呐喊：

"对！我们得好好保管它，让牛鬼蛇神扛着，从这个场赶到那个场，来回地赶，天天表演，教育群众，反革命分子的兔崽子没有好下场……"

场面兴奋而混乱，凄厉得人如兽。

"文化大革命万岁！"

"文化大革命万岁！"

……沸腾怒涌的声浪中，每个人都寻不着自己的声音。

蝶衣与小楼又被带回"牛棚"去。

各人单独囚在斗室中。

未清理的大小便发出歹臭。但谁都嗅不着。他们的生命也将这样地腐烂下去，混作一摊。"天天表演"？到处是轰轰响的锣声，如一根弦，紧张到极点，快要断了。有个地方躲一躲就好了。

破碗盛着一点脏水。

蝶衣经历这剧烈的震荡绝望忧伤，不能成寐，鬓角头发，一夜变白。

而四周，却是不同的黑。灰黑、炭黑、浓黑、墨黑。他没有前景。君王意气尽，贱妾何聊生。他取过那破碗往墙上一砸，露了尖削的边儿，就势往脖子上狠狠一割——

谁知那破碗的边儿，不听使唤，朝脖子割上一道，两道、三道，都割不深。且蝶衣人瘦了，脖子上是一层皱皱的皮，没什么着力处。

情况就像一把钝刀在韧肉上来回拖拉，不到底。

蝶衣很奋勇地用力，全神贯注地划着，脖子上的伤痕处处，血渗下来，又不痛，又不痒，只是很滑稽。为什么还死不了？

他记起那只蝙蝠，它脖子间的一道伤口，因小刀锋利，一下便致命了。血狂滴至锅中汤内，嫣红化开……血尽……四爷舀给他一碗汤……喝，这汤补血……都因为小楼。

不想追认前尘往事，再往上追溯，他就越发狠劲——

突然，门外一声叱喝：

"干什么？"

人声聚拢：

"抹脖子啦！寻死啦！"

涌来五个值夜的红卫兵，眼里闪着初生之犊的兴奋的光芒。他们制造了死亡，他们也可以暂止死亡。

一人过来夺去破碗。

一人取来一把破报纸，又捂上伤口去。

"那么容易寻死觅活？啊？戏不演啦？"

"你妄想自绝于党！自绝于人民！竟敢抗拒改造？抗拒批判？"

"好呀——"

红卫兵的首领排众而出，下令：

"你要死，偏不让你死！"如同判官，铁面无私，庄严而凶悍。

大伙遂一壁胡乱止血一壁在喊：

"文化大革命万岁！"

蝶衣血流了不少，命却留得长。他跌坐退缩至角落，一双手慌乱地摇，声音变得尖寒，凄厉如月色中的孤鬼：

"我没有文化！不要欺负我！不要欺负我！"

蝶衣并没有虞姬那么幸运，在一个紧要的关头，最璀璨的一刻，不想活了，就成功地自刎——他没这福分。还得活下去。

还是戏好，咿咿呀呀地唱一顿，到了精彩时刻，不管如何，幕便下了，总是在应该结束的辰光结束，丝毫不差。

虞姬在台上可以这样说："大王呀！自古道忠臣不事二主，烈女不嫁二夫，大王欲图大事，岂可顾一妇人。也罢，愿乞君王三尺宝剑，自刎君前，以报深恩也！"但在现实中，即便有三尺宝剑，谁都报不到谁的恩。

每个人的命运，经此一役，仿佛已成定局。

小楼面临拔宅下放的改造，"连锅端"，不知什么时候复返，东西得带走。其实也没什么东西可带。

暝色已深，小楼伛偻地走向家门，黑帮分子的罪状大招牌不曾卸下，几个红卫兵押回去收拾。

屋子里头漆黑一片，不见五指。

一打开电灯，迎面是双半空晃着的，只穿白线袜子的脚！

它们悠悠微转，如同招引。

小楼大吃一惊，悚然倒退几步。

仰视。

菊仙上吊了。

她一身鲜红的嫁衣，喜气洋洋。虽被剃了阴阳头，滑稽地，一边见青，一边尚余黑发，就在那儿，簪上了一朵红花——新娘子的专利。

"菊仙！"

小楼撕心裂肺地狂喊，连来人也受惊，一时间忘了叱喝。

菊仙四十多了，她不显老，竟上了艳妆，一切仿如从前岁月某一天——

凤烛半残，一脸酡红的新娘子妖娆欲滴，舍不得嫁衣，陶陶自乐地指点着：

"这牡丹是七色花丝线，这凤凰是十一色花丝线，这……"

小楼把她拦腰一抱，扔到床上去。醉眼迷离的男人急不及待要脱下她的衣鞋：

"妖精——"

"弄皱了，弄皱了，再穿会儿吧！"

她抵抗着，不许他用强，乜斜媚视：

"多漂亮的绣活儿！真舍不得给脱下来。你见过没有？"

小楼动手动脚地，急火正煎：

"你真是！我师弟那几箱子行头，什么漂亮的戏衣没见过？急死我了！"

"行头是行头，嫁衣是嫁衣，堂堂正正地穿了好拜天地！"

她犹在絮絮不休，沾沾自喜：

"嗳，你知道我什么时候下决心给自己置件嫁衣？老鸨还真当菊仙光着脚走的。呸！打自见了你这个冤家，我就……"

……

啊她要的是什么？"只要你要我！"她青春、妍丽、自主，风姿绰约地，自己赎的身，又自己了断。溺水的人，连仅有的一块木板也滑失了。一段情缘镜花水月。她只是个一生求安宁而不可得的女人。洗净了铅华，到头来，还是婊子。

是小楼的"维护"，反而逼使她走上这条路？离婚以后，贱妾何聊生。她不离！

小楼颓然，重重跌倒在地。

他身后，门框正中，亦遭押送的蝶衣幽幽而过，人鬼不分。他分明听见小楼那黯闷的哀嚎，如失群重伤的兽。

各人生命中的门，一一，一一闭上了。

"瞧什么？"红卫兵们把门砰地关上。

蝶衣过去了。

霸王跟虞姬没有碰面的机会，也没有当主角的机会了。因为，下一回的主角是一个剧作家，他的双手被拗向后，像一架待飞飞机的双翼，头俯得低低的，又似一架眼看快要触山的飞机的头。他痛苦而吃力地维持这个姿势，脸皮紫涨，快要受不了，正是生不如死。跪在高台上的，除开他，旁边还有二三十个陪斗的角色。

几次以后，又换了人。这么大的地方，躲不了就躲不了。斗争雷厉风行，大时代是个筛子，米和糠都在上面颠簸。

牛鬼蛇神都收拾好，各拎一个包包，全部细软家当被褥，还绑好一个漱口杯、一块毛巾，还有牙刷、肥皂……

都如行尸走肉，跟着大队走。连六七十岁的老人，满腹经纶显赫一时的知识分子，亦神情恍惚地背着书包，像小学生般排在队伍中。远赴边疆，发配充军的一行败兵。由一身草绿，臂章鲜红的小孩发号施令。

"誓死保卫毛主席！誓死保卫林副主席！誓死保卫中央文革！

誓死保卫江青同志！誓死揪出阶级敌人！誓死……"

牛棚出来的，全被塞进五六辆敞篷卡车上。上车的一刹，电光石火，蝶衣站住了。他嗫嚅：

"师——"

小楼憔悴多了，苍老而空洞，有一种"偷生"的耻辱。他没搭理，便被推至其中一辆卡车上。

前路茫茫。

卡车塞满了牛鬼蛇神后，各朝不同的方向驶去。

二人分隔越来越远。

没讲上一句话。

从此再也讲不上一句话。

那"誓死……"的口号声送走卡车队伍。终于它们是永不碰头的小黑点，走向天涯。

中国那么大，人那么多，何处不可容身？天南地北，沧海桑田。

正是："沙场壮士轻生死，年年征战几人回。"

此情此景，就是你我分别之日，永诀之时。

八千子弟
俱散尽

浩荡的闽江下游，是福州。

小楼下放劳动改造，到了一个他从未想过要到的地方。在南边。北方的人流落南蛮去，南方的人远赴北大荒。八千子弟俱散尽。

所有在"干校"苟活的反革命分子，混在一处，分不清智愚美丑，都是芸芸众生———一念，咦？日子回到小时候，科班的炕上，惺忪而起。

仍是操练。

拉大车、造砖、建棚、盖房子。在田间劳动、种豆和米，还有菜。凿松了硬地，或把烂地挖掘好，泥里有痰涎、鼻涕、大小二便、血脓，和汗。上、下午，晚饭后，三个单元分班学习……

小楼的功架派用场了，当他锄禾日当午时，犹有余威。他逝去的岁月回来了，像借尸还魂。但他老了。

听说蝶衣被送到酒泉去。酒泉？那是关山迢遥的地方呀。在丝绸之路上，一个小镇。酒泉、丝路，都是美丽的名字。蝶衣在一间工厂中日夜打磨夜光杯。连夜光杯，听上去也是美丽的名字呢。

小楼并无蝶衣的消息。

他想，整个中国的老百姓，也是如此这般地老去吧，蝶衣又怎会例外？

福州是穷僻的南蛮地。

闽菜样样都带点腥甜，吃不惯，但因为饥饿，渐渐就惯了。

家家是一张家禽票，十只定量蛋过年的。拿着木棒，拼命敲打艰辛轮候买来的一块猪肉，打得粉烂，和入面粉，制成皮子，包蔬菜吃，叫作"肉燕"。真奇怪。那么困难才得到的肉，还不快吃，反而打烂，浪费工夫。小楼就是过这样的活。岁月流曳，配给的一些"鸡老酒"，红似琥珀，带点苦味。它是用一只活鸡，挂在酒中，等鸡肉、骨都融化以后，才开坛来饮。因人穷，这鸡，都舍不得吃，留着，留着，再酿一次。就淡然了。

留着也好。

小楼总是这样想：活着呢。活着就好。他也没有亲人了。菊仙不在，蝶衣杳无音讯。

当初，他们还是同在一片瓦面底下。

是的。他原谅蝶衣了。他是为了他，才把一切推到女人身上。蝶衣决不会出卖他！他一定是为他好，不过言词用错了。但在那批斗的战况中，谁不会讲错话？自己也讲错过。他挂念：酒泉？是在哪儿呢？也许今生都到不了。当明知永远失去时，特别地觉得他好。恩怨已烟消云散。

到底是手足。没错。

而日子有功，他们一众都做得很熟练。每天早上起床后，全对着贴在墙上的毛主席像，先三鞠躬，再呼喊："敬祝毛主席万寿无疆！万寿无疆！敬祝林副主席身体健康！身体健康！"便是"早请示"。

晚上，睡觉以前，又再重复一遍。然后，向毛主席像禀告，今日已有进步，思想已经觉悟，开会学习相当用心。念念有词，这叫"晚汇报"。

人人都习惯了谦恭木讷，唯唯诺诺。不可沾名学霸王。连手握语录，都有规矩，大指贴紧封面，食指、中指和无名指贴紧封底，表示"三忠于"。还有，小指顶着书的下沿，表示"四无限"——忠于毛主席、忠于毛泽东思想、忠于毛主席的革命路线。对毛主席无限热爱、无限信仰、无限忠诚、无限崇拜。

认真地改造。九蒸九焙，很忙碌。

还得提着马扎儿到广场，跟大队看革命电影，学习。

某个晚上，一个老人在看电影中途，咕咚地倒地，他挨不住，死了。胡琴第一把好手。

是几个男的，包括小楼在内，抬到山脚下给埋了。坟像扁扁的馒头，馊的。营养了黄土地。

会仍继续开着。遥望是黯黄的灯，鬼火似的闪着。

忽地发觉地里有人偷白薯。悉悉的挖泥声。埋死人的几个，喝骂：

"妈的！偷吃！"

"咱种得好，一长足就来偷！不止一次！"

逃的逃，追的追，逮住一个脏兮兮的小孩，和两个比较大的，十六七岁模样。都衣衫褴褛，饥不择食。

"住哪儿！父母呢？"

小孩颤着：

"爸……妈都……上斗资批修……学习班……去，一年多。家里……没人……饿……"

两个少年，看来像学生，原来破烂的衣袖仍缠着臂章，上面是用指定的黄油写上的"红卫兵"三个字。红卫兵？是逃避上山下乡的红卫兵呀！

曾几何时，他们串联、上京，意气风发。一发不可收拾，国务院发布指示，终止串联，并号令全部返回原来单位。他们的命运，是无用了，不知如何处置，一概上山下乡，向贫下中农再学习。

流窜在外的，回不了家的，听说不少死于不同派系的枪下……

一个蓦地自他口袋中，掏出一把纪念章，向揪着他的小楼哀求：
"大叔，我让您挑一个，您喜欢哪个就要了吧，请给我们白薯吃。
两三天没吃了。"

他来求他？

当初凶悍地把他们踩在脚底下的黄毛小子，倒过来求牛鬼蛇神
放一条生路？同种同文，自相残杀后，又彼此求饶？

……

十年过去了。

毛主席死了。

华主席上场了。

华主席下台了。

"四人帮"被打倒了。

灾难过去，那些作恶的人呢？那些债呢？那些血泪和生命呢？

回忆一次等于脱一层皮。

举国都受了巨大的骗。因而十分疲倦。

一时之间，谁也不知道什么是错，什么是对——小楼在香港湾
仔天乐里一间电器铺子上的电视机，看到"四人帮"之审讯戏场。

小楼是在福建循水路偷渡来香港的。

霸王并没有在江边自刎。

这并不是那出戏。想那虞姬，诳得霸王佩剑。自刎以断情。霸
王逃至乌江，亭长驾船相迎，他不肯渡江。盖自会稽起义，有八千
子弟相从，至此无一生还，实无面目见江东父老……

现实中，霸王却毫不后顾，渡江去了。他没有自刎，他没有为
国而死。因为这"国"，不要他。但过了乌江渡口，那又如何呢？
大时代有大时代的命运，末路的霸王，还不是面目模糊地生活着？
留得青山在，已经没柴烧。

"别姬"唱到末段，便是"暑去寒来春复秋，夕阳西下水东流。将军战马今何在，野草闲花满地愁"。

"喂，是不是买？要什么牌子？"那电器铺子的职员见小楼专注地看电视，马上过来用这种招式赶客，以免他们占住门口一席位。

"对不起，看看吧。"寄人篱下，小楼只好识趣地走了。

幸好全港九的人都在追看这热闹缤纷的伟大节目，所以小楼走前一点，又在一间凉茶铺前驻足，与一大群好事之徒仔细追认。是她了，就是她！"四人帮"这审讯特辑，许是一九八一年全港收视率最高之电视节目了。江青，举世瞩目，昂首上庭，她说："革命是一个阶级试图推翻另一个阶级而采用的暴力。"她说："我，与毛主席共患难，战争时，在前线，惟一留在他身边的女同志，三十八年整，你们都躲到哪里去啦？"她说："我只有一个头，拿去吧！"她说："我是毛主席的一条狗，他叫我咬谁，我就咬谁！"她说："记不起！"她说："不知道！什么都不知道！"这戏明显地经过彩排剪辑。江青受审的时候是六十六岁。一般六十六岁的老人，若不是因为她，和她背后的伟人，应该含饴弄孙静享晚年，不过，如今……

但香港人，隔了一个海，并无切肤之痛，只见老妇人火爆，都鼓起掌来。

"哗！这婆娘好凶！"

"喂，给你作老婆你敢不敢要？"

"谢谢！你慢用！"

小楼落寞地，退出场子。尘满面鬓如霜，他也是六十多的老人了。

一辆"回厂"的电车，驶过小楼身畔。

小楼倾尽所有，竭尽所能逃来香港。最初他便是在电车公司上班。劳改令他的身子粗壮，可以挨更抵夜。

在这美丽的香港，华灯初上，电车悠悠地自上环驶向跑马地。

叮铃的响声，寂寞的夜，车轨一望无际，人和车都不敢逾越。

"回厂"的电车到了总站，换往另一路轨行驶时，需用长竹竿把电缆从这头驳过那头。扎着马步，持着长竿的，是垂垂老矣的末路霸王。是的，当年曾踏开四平大马的霸王。可是他勉强支撑，有点抖，来回了数番，终于才亮了灯，车才叮叮地开走。由一条路轨，转至别一条路轨。

直至更老了。他又失去了工作。

如今他赖以过活的，是他以前驾驶电车的同事，儿子申请到廉租屋，自己的一层物业隐瞒不报，在未处置之前，找小楼看屋，给他一点钱。小楼申请公共援助，又把这情况隐瞒不报，于是他每月得到六百多元。如果一旦被揭发有外快，社会福利署便会取消他的援助金了。他有点看不起自己。

但营营役役的小市民，便是靠一些卑微鄙俗的伎俩，好骗政府少许补助。像穴居的虫儿，偶尔把头伸出来，马上缩回去；不缩回去，连穴也没有。而香港，正是一个穷和窄的地方，穷和窄，都是自"穴"字开始。

小楼踱回他的巢穴。那是在天乐里附近。他喜欢"天乐里"。他记得，刚解放那年，他与蝶衣粉墨登场，在天桥，天乐戏院。大张的戏报，大红底，洒着碎金点，书了斗大的"霸王别姬"。天桥、变戏法、说书场、大力丸、拉洋片、馄饨、豆汁、小枣粽子、吹糖人、茶馆……但小楼，自一九六六年起，嗓子打坏了，从此没再唱过半句戏。见到天乐两个字，只傻呼呼地笑了。多亲切。

楼下还有警察抽查身份证。刚查看完一个飞型青年，便把他唤住：

"阿伯，身份证。"

小楼赶忙掏出来，恭敬珍重地递上。他指点着：

"阿 sir，我是绿印的！"

八二年开始，香港政府为遏止偷渡热潮，实施"即捕即解"法令。小楼的"绿印"，令他与别不同，胸有成竹。他来得够早，那时，只要一逃进市中心，就重生了。他比其他人，幸福安全得多。

"上海佬！"

一个小胖子敲铁闸，小楼过去开闸，让他进来。小胖子才读四年级，他喜欢过来隔壁这个老伯的空屋中玩龟。

今天不见了那龟。

小胖子问："上海佬，龟呢？"

"我不是上海佬，"小楼用半咸淡的广东话强调，"我讲过很多遍，我是北京来的！"

他很奇怪："那有什么不同？"

小楼无法解释，他有他的骄傲："我是北京人！不是上海人！"

"龟呢？"

他环视小楼的空屋。一张枯藤椅，一张木板床，床脚断了一截，却没有倒塌，啊！原来小楼捉了那只龟，垫着床脚，它硬朗而又沉默地顶着，活着，支撑着整张床。

龟旁有一小碟饭和水。

"有没有搅错？"小胖子大叫，"它会死的！"

他懒得同小孩谈论生死。本身没有文化，但文化大革命他惯见生死。在他自北方下放至南边时，五百多人被折磨掉二百多，一天之间，传染病死去三十人。不停的斗争，目睹有人双腿被锯断，满口牙齿被打落，生不如死，死不如死得早。往上推吧，小楼想，北洋、民国、日治、国共内战、解放、土改、抗美援朝、三反、五反、整风、反右、三年自然灾害……到了"文革"，中国死了多少人？中国人是世上最蠢、最苦，又最缘悭福薄的民族。蠢！总是不知就里地，自己的骷髅便成了王者宝座的垫脚石——但不要紧，小孩一个个被生下来，时间无边无涯，生命川流不息。死了一亿算什么？荒废了十年算什么？小楼面对小孩鲜嫩的岁月，他很得意，他快死了，但毕竟还没死。

"很闷呀，没好玩的，我走了。"连小孩也跑掉。

还是香港的小孩幸福。小楼望着这个无礼但又活泼的小胖子。他懂什么政治？

如果他在北京……听说打倒"四人帮"之后，北京的小学生被教育着，上体育课，是用石块扔掷一些稻草人，上面画着江青的像。小孩扔掷得很兴奋——但，"万一"江青若干年后被"平反"了，这些小孩，岂非又做"错"了？

大人都喜欢假借小孩的力量来泄愤。这是新中国的教育方针。香港小孩幸福多了。小胖子高兴的时候，来教小楼玩一种电子游戏机，是一个傻瓜千方百计要走入一间屋子内，在投奔的过程中，高空扔下水桶、木锤、锯等杂物，中了头颅，他就一命呜呼。但有三次"死"的机会——多像中国人顽强的生命力！

小楼手指不甚灵活，总是很快便玩完了。"一听到音乐声就知你又死了！"小胖子是这样地嘲笑他。

音乐？对了，他很久很久，没听过任何音乐了。他残余的生命中，再也没有音乐了。忽然，他又感到日子太长，怎么也过不完。

幸好他拥有自由。

他自由地乘坐电车。他爱上游车河，主要是便宜，且只有这种胡琴上弦动的节奏，才适合他"天亡我楚，非战之罪"的霸王。四面是楚歌。楚歌是雨。雨打在玻璃上，雾湿而不快。

小楼为了谋杀时间，由湾仔坐到筲箕湾。途经北角新光戏院，正在换画片，又有表演团访港了。他没留神。后来由筲箕湾坐回湾仔。

自昏晕的玻璃外望，十分惊愕——

"程蝶衣"。

他赫然见到这三个字。

虞兮虞兮
奈若何

他识的字有限，但这三个字，是他最初所识！

"程蝶衣"？

他几乎不相信自己那双六十多岁的昏花老眼。一定是看错了，一定是看错了。

电车踽踽驶过新光戏院。

要是他没有回头，有什么关系？他随随便便地，也可以过完他的日子。他可以消失在杂沓的市声中，像一滴雨，滴到地面上，死得无声无息。

小楼却回头。

只见"程蝶衣"三个字离他越来越远。不。他匆匆地下车，司机用粗口骂他，说他阻碍地球转动。

跑到戏院对面的行人路上，仰首审视。这是"北京京剧团"的广告牌，一大串的人名，一大串的戏码。有一个标榜突出的名衔，叫"艺术指导"，旁边有"四十年代名旦"字样，然后是"程蝶衣"。

啊，是他！是他！是他！是他！

小楼的嘴张大，忘记合上。他浑身蒸腾，心境轻快。他的眼珠子曾因为年迈而变得苍黄，此刻却因年轻而闪出光彩。

他竟然在这样的方寸之地，重遇他故旧的兄弟！

蝶衣不是被下放到酒泉去了吗？

每当他打开报纸，看到唐酒的广告，有些认得的字，譬如"葡萄美酒夜光杯"，他就联想起在打磨夜光杯的蝶衣，一度要把他斗死的对头。

他笑了。不，谁都没有死。是冥冥中一次安排——

姬没有别霸王，霸王也没有别姬。

葡萄美酒夜光杯，欲饮琵琶马上催，醉卧沙场君莫笑，古来征战几人回？

二人又回来了！

小楼在新光戏院的大堂逡巡甚久。把一切彩色画片巨型广告都看尽了，就是不见蝶衣在。那些角儿，名字十分陌生，看来是"四化"的前锋，推出来套取外汇，于经济上支持祖国。见到祖国新儿女的名字，不是向阳、向红、前进、东风……那么"保险"了，可喜得很。

黄昏时分，戏院闸外，工人搬戏箱道具重物，进出甚忙。帘幕掩映间，隐约见舞台。还没正式开锣，今晚只是彩排试台。

小楼终于鼓起勇气，上前。

有穿戏院制服的人来问：

"什么事？"

"我……想找人。"

"你认识谁？"

"程蝶衣。"

那人上下打量他。半信半疑。

"你们什么关系？"

"科班兄弟呀！是兄弟。请说小楼找他。我们可是几十年——"

"小楼？姓什么？"

啊他是完完全全被遗忘了。

当然，任何人都会被遗忘，何况一个唱戏的？整台戏的导演也会渐渐冉退。

小楼被引领进入化妆间。熙熙攘攘的后台，一望无际的长镜，施朱敷白的脸齐齐回首，全都是素昧生平的人。

小楼四处浏览，生怕一下子失察，他要找的，原来是一个骗局，他来错了——他见到一双兰花手，苍老而瘦削的手，早已失去姿彩和弹荡，却为一张朗朗的脸涂满脂粉加添颜色。他很专注，眼睛也眯起来，即使头俯得低了，小楼还是清楚地见到，他脖子上日远年湮的数道旧痕。

拍拍他瘦小的肩头。

那人浸沉在色彩中，只略回首点个头。他不觉察他是谁。小楼很不忿。

"师弟！"

老人回过头来。

一切如梦如幻，若即若离。

这张朦胧的脸，眉目依稀，在眉梢骨上，有一道断疤。是的。年代变了，样子变了。只有疤痕，永垂不朽。

一时之间，二人不知从何说起。都哑巴了。

蝶衣怨恨他的手在抖抖瑟瑟，把好好的一张脸，弄糊了一点。女演员年纪轻，不敢惊动她的艺术指导。蝶衣忘了打发，她最后借故跑去照镜子。走了，蝶衣都不发觉。他想不起任何话。重逢竟然是刺心的。

这是不可能的！

怎么开始呢？

怎么"从头"开始呢？

太空泛了。身似孤舟心如落叶，又成了习惯。需要花多大的力气，好把百年皇历，旧账重翻？蝶衣只觉浑身乏力。

小楼那在肩上一拍的余力，仿佛还在，永远在，他忽地承受不了，肩膊的痛楚来自心间。他哆嗦一下。

小楼只道：

"你好吗？"

"好。你呢？"

好像已经过了一千年，隔了阴阳界。蝶衣五内混战……

幸好外头有鼓乐喧天，破坏了这可恨的冷场。二人终有一个借口，便是：到上场门外，看戏去。

台上正试着新派的京剧，戏码是"李慧娘"。其中的一折。

慧娘在阴间飘漾。唱着：

"怨气冲天二千丈，

屈死的冤魂怒满腔。

……

仰面我把苍天怨，

因何人间苦断肠？"

李慧娘向明镜判官诉说人间贾似道横行。判官喷火，小鬼翻腾，干冰制造的烟幕，陡地变色的戏衣扇子……包装堂皇。看得小楼傻了眼。他从来不曾发觉，一切都不同了。

只有他站立的位置，那是上场门外。戏台上，永永远远，都有上场和下场的门儿。

蝶衣开腔了："平反后没排过什么长剧。都是些折子戏。"

小楼道："嗳。要唱完整整一出戏是很辛苦的。不过，平反就好。"

"也没什么好不好。补不回来的。"

小楼才瞥到，蝶衣的一节小指不见了。他早就上不了场。

他一双风华绝代的手，只剩下了九根指头，用来打磨夜光杯，却是足够的。

夜光杯，用戈壁石琢磨出来。有很多式样。高脚的，无足的。也有加刻人物、莲瓣、山水、花卉、翎毛、走兽等花纹。

蝶衣在单调劳累的漫长岁月中，天天面对色相迥异的酒杯。他在打磨过程中，惟一的安慰，便是反复背诵虞姬备酒，为大王消愁解闷的一幕。他反复背诵，当中必有一个杯，必有一天，大王说："如此——酒来！"

据说好的杯，其质如玉，其薄如纸，其光如镜。所以能够"夜光"。蝶衣从未试过，夜色之中，试验那杯之美。

酒泉只是符号，红尘处处一般。转瞬之间，他是连"美色"也没有了，哪有工夫管杯子。谁可对岁月顽固？

"我差点认不出你来。"小楼道。

"是吗？"蝶衣又琢磨着，"是吗？"这样的话，令蝶衣起疑，受不住。他真的一无所有？没有小指，没有吊梢凤眼，没有眉毛、嘴巴、腰、腿。没有娘，没有师父，没有师哥……没有。小楼在旁絮絮说什么，他说他的，他自己又想自己的。一时间二人竟各不相干。

"愣在那儿想什么？"小楼又道。

于喧嚣的鼓乐声衬托下，蝶衣说："想北京。"

"我想北京有道理。但你就一直在北京……"

"对，越是一直在北京，越是想北京。师哥，北京的钟楼，现在不响了。"

"什么响不响！钟楼？——"

小楼稍怔，也令蝶衣伤感。他们其实一齐老去，何以小楼老得更快？

不！他不肯罢休。

"北京京剧团"访港演出，也制造了一些高潮。蝶衣与团员们，都穿上了质料手工上乘的西装来会见记者。于招待会中，由新一代的艺人唱一两段。记者们会家子不多，刚由校门出来的男孩女孩，拿一份宣传稿回去便可以写段特写交差了。甲和乙的对话可能是：

"这老头子干瘪瘪，真是四十年代的花旦？他扮花旦？谁看？"

"我怎么知道？四十年代我还没出生。五十年代我也还没出生。"

这就是青春的霸气。青春才是霸王。

酬酢繁密，蝶衣向团长申请假期，希望与儿时弟兄聚聚。

后来终得到半天。晚上赶回。

小楼领蝶衣到北角横巷的小摊子喝豆浆，吃烧饼油条去。当然，豆浆太稀，油条不脆，那天，烧饼欠奉了。蝶衣吃得很惬意——虽然他只得十只牙齿是真的。

黄昏还未到，天色逐渐灰，在一个非常暧昧的辰光，还差一刻电灯才肯亮，人人的面貌无奈地模糊起来。

蝶衣觑个空子凝视他一下。蓦地记起什么似的，自口袋中皮包那硬面夹子，抽出一张烟熏火燎过的照片。小楼眯睎着老眼一瞧，原来是很久很久很久以前，大伙在祖师爷庙前，科班的小子，秃着顶，虎着脸，煞有其事众生相。

两张老脸凑在一起，把前朝旧人细认。

"这——小癞子！现在呐？"

"清队时，死在牛棚里了。"

"小黑子！"

"下放到农场后，得瘟疫死了。"

"这个最皮了，是小三！"

"小三倒是善终，腿打断以后，又活了好些年，得肝病死的，酒喝太多了。"

"小煤球呢？"

"好像半身不遂，瘫了。是在工厂演出时吊大灯，摔的。"

二人有点欷歔，蝶衣合上了照片夹子，他凄然而幸运地一笑。

"甭问了——剩下你我，幸好平安。"

"那……斗咱们的小四呢？"

"说他是'四人帮'分子，坐水牢去了。听说疯了，也许死了……怕想，都一个样，不是你死，就是我亡——不谈这个了！"蝶衣不愿继续谈下去。

小楼问："来了这么多天，喜欢香港吗？"

"不喜欢。"

"我实在也不喜欢。不过当初根本没想到过可以平反。你说，'平反'这玩意又是谁给弄出来的？"小楼喃喃，又道，"算了，我带你到一个地方去。"

站在弥敦道上，隔了老宽的一条马路，再望过去，是分岔路口，在路口，有一间澡堂。这澡堂不知有多少年历史了，反正在香港，老上海老北平都知道它，它叫"浴德池"。

路上有人递来一张纸，他一怔，不知接不接好。那是一张passport。

小楼接过。给他看，他也看不懂，都是英文字，印制成香港护照的样子，有两头吐舌的雄狮，拥护一顶皇冠。在空格上写了"灵格风"。宣传品。

"这是什么风？"蝶衣问。

"扔掉它，天天在派。满流行的。"其实小楼不知就里，也不好意思说他不知道，"用来垫桌子又嫌不够大。"

到了最后，蝶衣也得不到答案。他也忘记去追问。什么风也好，只要不是"整风"。弄得满街满巷都是革命亡魂,不忿地飘漾,啁啾夜哭。

蒸汽氤氲的澡堂内,两个老人再一次肉帛相见,袒腹相向。苍老的肌肉,苟存着性命。这样地赤裸,但时间已经过去。

小楼很舒泰但又空白地说:

"一切都过去啦。"

隔着水汽,影像模糊。才近黄昏,已有不少客人,按摩、揉脚、修甲、刮面……

寻找片刻悠闲的人很多,也许他们整天都是悠闲的,只有来泡澡堂,令他们忙碌一点。

小楼和蝶衣浸得尸白。

蝶衣道:

"是呀。我们都老了。"

"那个时候,人人的眼睛都是红的。发疯一样。"小楼又道,"我从未见过你那么凶!"蝶衣赧颜。

小楼自顾自说:"我同楼一个小孩,他最皮,老学我阴阳怪气的嗓子。嘿!他才不知道我当年的嗓子有多亮!"说毕,又自嘲地一笑。不重要了。

蝶衣问:"你结婚了没有?"

"没。"

"——哦。我倒有个爱人了。"蝶衣细说从头,"那时挨斗,两年多没机会讲话,天天低头干活,放出来时,差点不会说了。后来,很久以后,忽然平反了,又回到北京。领导照顾我们,给介绍对象。组织的好意,只好接受了。她是在茶叶店里头办公的。"

"真的呀?"

"真的。"

"真的呀？"

"真的。"

小楼向蝶衣笑了："那你更会喝好茶啦？"

"哪里，喝茶又喝不饱的。"

"小时候不也成年不饱。"

蝶衣急忙把前尘细认。那么遥远的日子，不可思议的神秘，一幕一幕，他的时刻终于到来了。他带兴奋地激动：

"最想吃的是盆儿糕。蘸白糖吃，又甜、又黏、又香……"

"嗳，我不是说把钱存起来，咱哥儿狠狠吃一顿？——我这是钱没存起来，存了也买不到盆儿糕。香港没这玩意。"

"其实盆儿糕也没什么特别。"

"吃不到就特别。"小楼道。

"是，得不到的总是最好的，真不宽心。"蝶衣无意一句。

"话说回来，"小楼问，"现在老戏又可以唱了，那顶梁柱是谁？"

"没什么人唱戏了，小生都歌厅唱时代曲去。京剧团出国赚外汇倒行。"蝶衣侃侃而道，"还有，最近琉璃厂改样儿了，羊肉馆翻修了，香港的财主投资建大酒店。春节联欢会中，有人跳新派交际舞，电视台还播映出来呢，就是破四旧时两个人搂着跳那种。开始搞舞会，搞什么舞小姐、妓女——"

流水账中说到"妓女"，蝶衣急急住嘴。他不要有一丝一毫的提醒，提醒早已忘掉的一切。

小楼眼神一变。

啊他失言了。

蝶衣心头怦然乱跳。他恨自己，恨到不得了。

小楼三思：

"我想问——"

他要问什么？他终于要问了。

蝶衣无言地望定他。身心泛白。

小楼终于开口：

"师弟，我想问问，不我想托你一桩事儿，无论如何，你替我把菊仙的骨灰给找着了，捎来香港，也有个落脚地。好吗？"

蝶衣像被整池的温水淹没了。他恨不得在没听到这话之前，一头淹死在水中，躲进去，永远都不答他。疲倦袭上心头。他坚决不答。

一切都胡涂了，什么都记不起。他过去的辉煌令他今时今日可当上了"艺术指导"；他过去的感情，却是孤注一掷全军覆没。

他坚决不答。

"师弟——"小楼讲得很慢，很艰涩很诚恳，"有句话——我不知道该不该对你说——"

"说吧。"

"我——我和她的事，都过去了。请你——不要怪我！"

小楼竭尽全力把这话讲出来。是的。他要在有生之日，讲出来，否则就没机会。蝶衣吃了一惊。

他是知道的！他知道他知道他知道！这一个阴险毒辣的人，在这关头，抬抬手就过去了的关头，他把心一横，让一切都揭露了。像那些老干部的万千感慨："革命革了几十年，一切回到解放前！"

谁愿意面对这样震惊的真相？谁甘心？蝶衣痛恨这次的重逢。否则他往后的日子会因这永恒的秘密而过得跌宕有致。

蝶衣千方百计阻止小楼说下去。

千方百计。

千方百计……

他笑。

"我都听不明白，什么怪不怪的？别说了。来，'饱吹饿唱'，唱一段吧？"

小楼道：

"词儿都忘了。"

"不会忘的！"

蝶衣望着他：

"唱唱就记得了，真的——戏，还是要唱下去的。来吧？"

他深沉地，向自己一笑：

"我这辈子就是想当虞姬！"

舞台方丈地，一转万重山。

转呀转，又回来了。

夜。

"北京京剧团"的最后一场过去了。空寂的舞台，曲终人已散。没有切末，没有布景，没有灯光，没有其他闲人。

戏院池座，没有观众。

没有音乐，没有掌声。

——是一个原始的方丈地。

已经上妆的两张脸，咦，油彩一盖，硬是看不出龙钟老态。一个清瘦倨傲，一个抖擞得双目炯灼。只要在台上，就得有个样儿。

扮戏的历程，如同生命，一般繁琐复杂。

记得吗？——搽油彩、打底色、拍红（荷花胭脂！）、揉红、画眉、勾眼、敷粉定妆，再搽红、再染眉、涂唇，在脖子、双手、小臂搽水粉、掌心揉红。化好妆后，便吊眉、勒头、贴片子、梳扎、条子裹扎、插戴（软头面六大类，硬头面三大类。各类名下各五十件……）。

看小楼，他那年逾花甲的笨手，有点抖，在勾脸，先在鼻子一点白，自这儿开始……奇怪吧，经典脸谱里头，只有中年丧命的，反而带个"寿"字。早死的叫"寿",长命的唤什么?抑或是后人一种凭吊的补偿?项羽冉冉重现了。

蝶衣一瞧,不大满意,他拈起笔,给他最后勾一下,再端详。这是他的霸王,他当年的霸王。

时空陡地扑朔迷离,疑幻疑真。

蝶衣把那几经离乱,穗儿已烧焦了的宝剑——反革命罪证,平反后发还给他——默默地挂在小楼腰间,又理理他的黑靠。

于是,搀了霸王好上场去。

身子明显地衰老了,造功只得一半,但他兴致高着呢:

"大王请!"

小楼把蝶衣献来的酒干了,"咳"的一声,杯子向后一扔,他扯着嘶哑的嗓了,终丁唱了。在这重温旧梦的良夜。

"想俺项羽——

力拔山兮气盖世,

时不利兮骓不逝,

骓不逝兮可奈何,

虞兮虞兮,

奈若何?"

蝶衣持剑,边舞边唱"二六":

"劝君王饮酒听虞歌,

解君忧闷舞婆娑。

嬴秦无道把江山破。

英雄四路起干戈。

自古常言不欺我。

成败兴亡一刹那。

宽心饮酒宝帐坐。"

蝶衣剑影翻飞，但身段蹒跚，腰板也硬了，缓缓而弯，就是下不了腰。终于这已是一阕挽歌。虞姬抚慰霸王，但谁来抚慰虞姬？他唱得很凄厉：

"汉兵已略地，

四面楚歌声，

君王意气尽，

贱妾何聊生？"

就用手中宝剑，把心一横，咬牙，直向脖子抹去。

血滴……

小楼完全措手不及，马上忘形地扶着他，急得用手捂着他的伤口，把血胡乱地，"拨回去"，堵进去……

剑光刺目。

蝶衣望定小楼。他在他怀中。

他俩的脸正正相对。

停住。"蝶衣！"

血，一滴一滴一滴……

蝶衣非常非常满足。掌声在心头热烈轰起。

红尘孽债皆自惹，何必留痕？互相拖欠，三生也还不完。回不去。也罢。不如了断。死亡才是永恒的高潮。听见小楼在唤他。

"师弟——小豆子——"

啊，是遥远而童稚的喊嗓声。某一天清晨，在陶然亭。他生命中某一天，回荡着：

"咿——呀——啊——呜——"

天真原始的好日子。

在中国、北平……的好日子。

童音缭绕于空寂的舞台和戏院中。

……

"师弟！"

小楼摇撼他："戏唱完了。"

蝶衣惊醒。

戏，唱，完，了。

灿烂的悲剧已然结束。

华丽的情死只是假象。

他自妖梦中，完全醒过来。是一回戏弄。

太美满了！

强撑着爬起来。拍拍灰尘。嘴角挂着一朵诡异的笑。

"我这辈子就是想当虞姬！"

他用尽了力气。再也不能了。

后来，蝶衣随团回去了。

后来，小楼路过灯火昏黄的弥敦道，见到民政司署门外盘了长长的人龙，旋旋绕绕，熙熙攘攘，都是来取白色小册子的：一九八四年九月二十六日，"中英协议草案"的报告。香港人至为关心的，是在一九九七年之后，会剩余多少的"自由"。

小楼无心恋战，他实在也活不到那一天。

什么家国恨？儿女情？不，最懊恼的，是找他看屋的主人，要收回楼宇自住了，不久，他便无立锥之地。

整个的中国，整个的香港，都离弃他了，只好到澡堂泡一泡。

到了该处，只见"芬兰浴"三个字。啊连浴德池，也没有了。

初版：八五年六月

修订版：九二年二月

224

附录

「霸王别姬」唱词

〔八宫女引虞姬上，八宫女站门〕

虞姬：（唱"西皮摇板"）自从我随大王东征西战，受风霜与劳碌年复年年。恨只恨无道秦把生灵涂炭，只害得众百姓困苦颠连。

〔四御林军、二太监上，在"小边"站"一字"，项羽上〕

项羽：（唱"散板"）枪挑了汉营中数员上将，纵英勇怎提防十面埋藏；传将令休出兵各归营帐。

二太监：大王驾到。

（按）项羽拿着马鞭出场，作为是刚从战场回来，唱完第三句的时候做着下马的姿势，四御林军和两个太监接过马鞭，仍从上场门下去。虞姬下位来迎接项羽，在台口正中一手提起斗篷，一手扯着底襟往下蹲身向项羽问安。

虞姬：啊，大王！

项羽：（接唱）此一番连累你多受惊慌。

（按）项羽双手扶起虞姬，先转身进门。虞姬面向项羽的时候，脸上做出强为欢笑的样子，等项羽转过脸去立刻愁容满面，因为她看项羽的神气不像带回好转的消息。轻轻叹口气也随着进门向项羽见礼，坐在"小边"椅子上，项羽坐在正面"外场椅"上。

虞姬：啊，大王，今日出战，胜负如何？

项羽：唉！枪挑汉营数员上将，怎奈敌众我寡，难以取胜。此乃天亡我楚，唉！非战之罪也。

虞姬：兵家胜负，乃是常情，何足挂虑。

（按）虞姬的问话表现已经看出项羽是并没打胜仗，这时候两个人的心理都发展到不敢正视现实的状态。

虞姬：备得有酒，与大王对饮几杯，以消烦闷。

虞姬：看酒！（宫女应声）

（按）在锣声中，项羽走进"里场椅"，虞姬坐在项羽的右侧，宫女捧出酒壶，为他们两人斟上酒。

项羽：（唱"原板"）今日里败战归心神不定。

虞姬：（接唱）劝大王休愁闷且放宽心。

项羽：（接唱）怎奈他十面敌难以取胜！

虞姬：（接唱）且忍耐守阵地等候救兵。

项羽：（接唱）没奈何饮琼浆、（转散板）消愁解闷。

虞姬：（接唱）自古道兵胜负乃是常情。

项羽：嗯！

虞姬：大王身体乏了，帐内歇息片刻如何？

项羽：妃子你要警醒了！

（按）项羽念完这句白就走进下场门。

虞姬：遵命。（转向宫女们说）你等退下。

宫女：是。

〔八宫女分两边退下〕

（按）这时候稀稀落落地有很轻的鼓声，表现夜里静悄悄的一种境界。虞姬拿起桌上的一盏红灯，出门先到"大边"一望，再到"小边"一望，表示到帐外巡视的意思。

望门之后又进来，把灯放到桌上，然后坐在"小边"椅子上，打一个哈欠，两手慢慢搓着轻轻揉一下眼睛，把脸转向里面，以右手支着头，靠着桌子假寐。这时候鼓声止住，响起初更的锣声。

更夫们由两边上来，更夫过场之后，又响起二更的锣声。虞姬被二更的声音惊醒，揉一揉眼睛，站起来。虽然在睡觉，而时时刻刻在提心吊胆。

虞姬：看大王醉卧帐中，我不免去到帐外，闲步一回：（唱"南梆子"）看大王在帐中和衣睡稳，我这里出帐外且散愁心。轻移步走向前荒郊站定，猛抬头见碧落月色清明。

（按）人的忧闷焦急在思想中是一起一伏的。

虞姬：看云敛晴空，冰轮乍涌，好一派清秋光景。（幕后众兵士喊"苦哇"的声音）唉！夜色虽好，只是四野俱是悲愁之声，令人可惨！只因秦王无道，兵戈四起，涂炭生灵；使那些无罪的黎民，远别爹娘，抛妻弃子，怎的叫人不恨！正是：千古英雄争何事，赢得沙场战骨寒。

更夫甲：伙计，你听见了没有？

更夫乙：听见什么？

更夫甲：怎么四面敌军唱的歌声，跟咱们家乡的腔调一个味儿，这是怎么回事呀？

更夫乙：是啊，不明白是怎么回子事呀？

更夫甲：我明白啦，这必是刘邦得了楚地，招来的兵都是咱们乡亲；所以他们唱的都是咱们家乡的腔调。

（按）两个更夫在台口说话，虞姬在下场门前面做着偷听的姿态。

更夫乙：唉！咱们大王忠言逆耳，误用李左车，引狼入室，中了人家诱兵之计；这会儿被困在垓下，天天盼望着楚兵来救。可是刘邦又得了楚地，后援断绝了，这可怎么好！

更夫甲：要依我看，咱们大家一散，各奔他乡得啦！

（按）虞姬对于更夫说话虽然不曾完全听见，但听到"大家一散"，立刻按剑要上前制止。

更夫乙：唉！别胡说，咱们大王爷的军令最严厉，万一有个差错，那可了不得，还是巡更要紧，走，走，走着！

〔更夫甲、乙同下〕

（按）虞姬注视着更夫下去之后，走到"小边"，又回到台的正中。

虞姬：哎呀且住！适才听众兵丁谈论，只因救兵不到，大家均有离散之心。哎呀，大王啊大王！只恐大势去矣！

虞姬：（接唱"南梆子"）适听得众兵丁闲谈议论，口声声露出那离散之情。

汉兵：（幕后唱"楚歌"）田园将芜胡不归，千里从军为了谁！

（按）虞姬唱完"南梆子"由台中走到"小边"台口，面向里倾听远处的歌声，听完之后转过脸来。

虞姬：呀！（唱"摇板"）我一人在此间自思自忖，猛听得敌营内有楚国歌声。

（按）好像凉水浇头一样，所以声音非常低沉。

虞姬：哎呀，且住！怎么敌人寨内竟有楚国歌声，这是什么缘故哇？我想此事定有蹊跷，不免进帐报与大王知道。

（按）非常焦急地进门往左转身面朝着下场门。

虞姬：啊，大王醒来，大王醒来！

〔项羽由下场门按剑而出〕

项羽：啊？

虞姬：妾妃在此。

项羽：妃子，何事惊慌？

虞姬：适才正在营外闲步，听得敌人寨内竟有楚国歌声，不知是何缘故？

项羽：啊？有这等事！

虞姬：正是。

项羽：待孤听来。

虞姬：大王请。

（按）项羽和虞姬双出门，项羽到"大边"，虞姬到"小边"，都面向里注意倾听。

汉兵：（幕后唱"楚歌"）田园将芜胡不归，千里从军为了谁！

项羽：哇呀！……

项羽：四面俱是楚国歌声，莫非刘邦他已得楚地不成？孤大势去矣！

虞姬：啊，大王！此时逐鹿中原，群雄并起；偶遭不利，也属常情。稍俟时日，等候江东救兵到来，那时再与敌人交战，正不知鹿死谁手！

项羽：妃子啊，你哪里知道！前者，各路英雄各自为战，孤家可以扑灭一处，再战一处。如今各路人马一齐并力来攻，这垓下兵少粮尽，万不能守；孤此番出兵与那贼交战，胜败难定。哎呀，妃子啊！看此情形，就是你我分别之日了。

〔二太监暗上〕

（按）虞姬背过身来弹泪。

项羽：（唱"散板"）十数载恩情爱相亲相依，眼见得孤与你就要分离。

（按）唱到末一字尾腔还没完的时候，幕后用一种叫作"挑子"的喇叭，吹成马嘶的声音。战马也是非常的英俊，不甘于困守而有这声长嘶，虞姬和项羽听见马嘶都为之一惊。

项羽：啊，此乃孤的乌骓声嘶。——来！

太监：有。

项羽：将战马牵了上来。

太监：是。

（按）这时候牵马的人举着马鞭从上场门出来到了"大边"的台口，表示马已经牵上来。项羽、虞姬双出门，转身朝外一望。

项羽：乌骓呀，乌骓！想你跟随孤家，东征西讨，百战百胜。今日被困垓下，就是你……咳！也无用武之地了！

项羽：（唱"散板"）乌骓它竟知大势去矣，因此上在枥下，咆哮声嘶！

（按）虞姬看见乌骓马牵上来之后，项羽更难过，所以在项羽背后偷偷向牵马人挥手，示意叫他牵下去。而马又长嘶不肯下去，牵马人将马牵下去之后，虞姬、项羽二人同向下场门一望，表示和马恋恋不舍的意思。

虞姬：啊大王，好在垓下之地，高岗绝岩，不易攻入；候得机会，再突围求救也还不迟呀！

项羽：好，酒来！

（按）这句"酒来"，念得很重，把"来"字声音拉得很长。

虞姬：大王请。

（按）虞姬面向着项羽强作欢笑。项羽转过身去朝里走的时候，她刚要上前，又想了一想，退后一步，扭过脸来偷偷地拭泪。项羽坐在里场椅上，虞姬坐在右侧，朝着项羽一举杯。

虞姬：大王请！

（按）两人在"吹打"中同饮了一杯。

项羽：咳！

（按）项羽"咳"了一声把杯子扔了出去，同时起身离开了座位，虞姬看他的举动不由吃了一惊。

项羽：（唱歌）力拔山兮气盖世，时不利兮骓不逝，骓不逝兮可奈何，虞兮虞兮奈若何！

（按）虞姬看见项羽离位起舞，她也下位和他对舞。二人握手对泣。

虞姬：大王慷慨悲歌，令人泪下。待妾身曼舞一回，聊以解忧如何？

项羽：如此说来，有劳妃子！

虞姬：如此，妾身献丑了！

（按）这时候面带戚容朝着项羽，用手提着斗篷，尾音带着哭声，项羽忙把她扶起。虞姬背过身去拭泪，转过脸来又强作欢笑，以手示意请项羽入座饮酒，项羽点头走进"里场椅"坐下。虞姬慢慢的向后退，又猛回头一看项羽，才转身走进上场门。

虞姬：（唱"二六板"）劝君王饮酒听虞歌，解君忧闷舞婆娑。嬴秦无道把江山破，英雄四路起干戈。自古常言不欺我，成败兴亡一刹那。宽心饮酒宝帐坐！

（按）在这一段"二六板"的唱腔中包括着一套舞蹈。以"夜深沉"曲牌伴奏，舞剑相娱。

项羽：啊，哈哈……

（按）在三记锣声以后，项羽苦笑。

〔太监上〕

太监：启奏大王，敌军人马分四路来攻。

项羽：吩咐众将分头迎敌，不得有误。

太监：领旨。（下）

太监：（上）八千子弟兵俱已散尽。

项羽：再探！

（按）项羽和虞姬都非常紧张，但也都明白这事情的发生并不是突然的而是意中的事，只好作一个最后的战斗准备。

项羽：妃子啊！敌兵四路来攻，快快随孤杀出重围。

（按）项羽念这句白，用手扯着虞姬的手腕，做着要迈步要出门的身段。

虞姬：哎呀，大王啊！此番出战若能闯出重围，且往江东，再图复兴楚国拯救黎民。妾身若是同行岂不连累大王杀敌。也罢！愿以大王腰间宝剑，自刎君前，免得挂念妾身。

项羽：这个……妃子你……不可寻此短见哪！

虞姬：唉，大王啊！（唱歌）汉兵已略地，四面楚歌声。君王意气尽，贱妾何聊生！

（按）前一段念白里面虞姬所极力压抑的情感，在这四句唱中声泪俱下地全部发泄出来。

项羽：哇呀呀！……

（按）这时候鼓声大作，表现敌人已经逼近的紧张气氛，项羽和虞姬非常焦急地，双出门面朝里两边一望，转过身来双进门，虞姬向项羽索剑。

项羽：使不得，使不得，不可寻此短见哪！

（按）在"乱锤"的锣鼓中，虞姬面向项羽，往前走三步伸手向项羽索剑。项羽摇手按剑向后退三步。虞姬向右转身，项羽向左转身，一同往里走又碰面。虞姬仍伸手索剑向前追三步，项羽摇手按剑向后退三步。虞姬向左转身，项羽向右转身，一同往外走到台口正中又碰面。虞姬求剑不得，打算撞死。项羽把她拦住。虞姬心生一计，准备设法转移项羽的视线，以便乘机拔他腰间的宝剑，她就假装往外一指。

虞姬：大王，汉兵他……杀来了！

（按）项羽果然信以为真，出去一看。

项羽：待孤看来。

（按）虞姬乘机拔出他的宝剑，拿在手中一看。

虞姬：罢！

（按）虞姬持剑向脖子上一横，往右连着转两个身，在舞台上演出时，由上场门侧幕出来两个宫女把她扶下去。

项羽：哎呀！

（按）项羽忍泪上马应战去了，演到这里剧终。

图书在版编目(CIP)数据

霸王别姬/李碧华著.—北京：新星出版社，2013.11（2025.7重印）
ISBN 978-7-5133-1176-2

Ⅰ.①霸… Ⅱ.①李… Ⅲ.①长篇小说－中国－当代
Ⅳ.①I247.5

中国版本图书馆CIP数据核字(2013)第077004号

著作版权合同登记号：01-2013-1833

霸王别姬
李碧华 著

责任编辑　汪　欣
特约编辑　林妮娜　陈梓莹
责任印制　李珊珊　付丽江
装帧设计　韩　笑
内文制作　王春雪

出　　版　新星出版社　www.newstarpress.com
出 版 人　马汝军
社　　址　北京市西城区车公庄大街丙3号楼　邮编 100044
　　　　　电话 (010)88310888　传真 (010)65270449
发　　行　新经典发行有限公司
　　　　　电话 (010)68423599　邮箱 editor@readinglife.com
法律顾问　北京市岳成律师事务所

印　　刷　山东京沪印刷科技有限公司
开　　本　850mm×1168mm　1/32
印　　张　7.5
字　　数　180千字
版　　次　2013年11月第1版
印　　次　2025年7月第47次印刷
书　　号　ISBN 978-7-5133-1176-2
定　　价　59.00元